Friedhelm König

Du bist gemeint
Denkanstöße in Kurzgeschichten

An der Schlossfabrik 30
D-42499 Hückeswagen

23., aktualisierte und erweiterte Auflage 2007 (291. – 310. Tsd.)

© CSV, 42490 Hückeswagen
Satz und Gestaltung: CSV
Umschlag: Eberhard Platte, Wuppertal
Druck: Ebner & Spiegel, Ulm

ISBN 978-3-89287-601-4

Inhalt

Glücklich, wem vergeben ist! 5
Weiße Schwarze und schwarze Weiße 8
Es geht um dein Bürgerrecht 10
Sehenswürdig 13
Panik im Stadion 16
Der Tag, der die Welt veränderte 23
Ein eigenes Flugzeug 32
Die vielen Dinge 35
Gefährliches Spiel 36
Lauter anständige Leute 39
Bitte einordnen! 41
Auf dem Schafott 43
Fünfundzwanzig Millionäre an Bord 45
Der Marathonlauf 50
Was ist Dialektik? 56
Die Brücke am Tay 58
Werbung 61
Auf Hochglanz poliert 66
Heraus aus dem Schmutz! 69
Alles okay bei dir? 73
Auch ein ABC 78
Karl Mays Großmutter 84
Krawall in der Waldbühne 89
Eine halbe Brücke – ein ganzer Unsinn 94
Die Fackel Alexanders 96
Du bist gemeint 101
Ein Stück graue Leinwand 104
Es begann im Tal Null 108
Ein Kamel und 87 Pianos 113

Rattengift gefällig?	118
Paris existiert nicht mehr	124
Der Fassadenkletterer	130
Unbezahlte Rechnungen	133
Der Traum der Gitta Müller	137
Ein feuriger Pfeil	142
Die entscheidende Unterschrift	147
Mit dem Gongschlag ist es ...	152
Jaguar	158
Zwei denkwürdige Berichte	161
Ein wirksamer Brief	166
Durchschaut	167
Die herrlichste Nebensache der Welt	172
Sei allzeit bereit!	178
Das Horoskop der Woche	184
Fälschungen	189
Hier wird geredet	196
Der Mann in der Mitte	200
Mensch, ärgere dich nicht!	204
Ein abschließendes Wort	206
Bibelstellenverzeichnis	207

Glücklich, wem vergeben ist!

Langsam quält sich die Provinzbahn durch das Bergland. Die alte Dampflock schnauft und stöhnt und hat offensichtlich Mühe, die Reisenden an ihre Ferienorte zu bringen. Überall sieht man frohe, erwartungsvolle Gesichter. Nur in einem Abteil, in dem zwei Männer sitzen, scheint der jüngere alles andere als glücklich zu sein. Auf seinem Herzen muss etwas Schweres lasten. Sein Mitreisender betrachtet ihn nachdenklich und fängt schließlich an, vom Wetter und der schönen Landschaft zu reden, um mit seinem traurigen Gegenüber ins Gespräch zu kommen. Und schneller, als er denkt, ist das Eis gebrochen. Der so ernst aussehende, so unruhig und aufgewühlt wirkende junge Mann beginnt zu erzählen, zunächst scheu und stockend, mit langen Pausen. Aber dann merkt er, dass es nicht Neugierde, sondern Anteilnahme ist, die weiterfragt und sich um ihn müht. Und bald strömen die Worte aus ihm hervor wie aus einem lange verschlossen gewesenen, tiefen Schacht.

„Ja, lange habe ich im Gefängnis gesessen", sagt er. „Jahrelang. Heute Morgen bin ich entlassen worden. Nun bin ich auf der Fahrt nach Hause. Welche Schande habe ich über meine Angehörigen gebracht! Sie haben mich all die Jahre nicht einmal besucht. Geschrieben haben sie auch nur ganz selten. Ich nehme es ihnen nicht übel. Ich habe ihre Liebe verscherzt. Aber vielleicht haben sie mich auch nicht besucht, weil die Reise so teuer ist. Und

Briefe wurden zu Hause kaum geschrieben. Ich hoffe doch, dass sie mir verziehen haben, auch wenn es nicht danach aussieht. Wie ich mein vergangenes Leben hasse und alles bereue!" Erregt verbirgt er sein Gesicht für einen Augenblick hinter beiden Händen.

Dann fährt er fort: „Um es meinen Eltern leichter zu machen, habe ich ihnen in einem Brief vorgeschlagen, sie möchten mir ein Zeichen geben. Ein Zeichen, an dem ich, wenn der Zug kurz hinter der Stadt an unserem kleinen Hof vorbeifährt, sofort erkennen kann, wie sie zu mir stehen. Ich schrieb, wenn sie mir verziehen haben, so sollten sie in dem großen Apfelbaum an der Strecke ein weißes Band anbringen. Wenn sie mich aber nicht daheim haben wollen, dann sollten sie gar nichts tun. In diesem Fall werde ich im Zug bleiben und weiterfahren, weit weg, ganz weit weg. Wohin, weiß ich selbst nicht."

Seine Erregung wird zusehends größer. Und als sich nun der Zug seiner Vaterstadt nähert, wird seine Spannung so unerträglich, dass es ihm unmöglich wird, aus dem Fenster zu schauen. „Bald muss die kleine Brücke kommen, dann die Schranke und dann ... und dann ..." Der andere tauscht schnell den Platz mit ihm und verspricht, auf den Apfelbaum zu achten. Und gleich darauf legt er dem jungen Mann die Hand auf den Arm. „Da ist er!" Er kann es nur noch flüstern, denn seine Stimme versagt ihm, und Tränen stehen ihm plötzlich in den Augen. „Alles in Ordnung! Der ganze Baum ist voll weißer Bänder." – Im selben Augenblick schwindet alle Bitternis, alle Sorge, alle Angst. Beiden ist es, als hätten sie ein Wunder miterlebt. Und der junge Mann ist nicht wieder zu erkennen, so strahlen jetzt seine Augen.

Ach, wüsstest du doch nur, wie sich der himmlische Vater danach sehnt, dass du umkehrst, dass du heimkehrst zu ihm! Du brauchst keine Bank ausgeraubt, keinen Menschen überfallen und nicht im Gefängnis gesessen zu haben. Jeder ist von Natur aus ein Gefangener, ein Gefangener seines Ichs, ein Gefangener der Sünde. Hat dich diese Knechtschaft auch schon bedrückt? Dann mach es so wie der junge Mann, von dem die Bibel berichtet! Er sagte: „Ich will mich aufmachen und zu meinem Vater gehen und will zu ihm sagen: Vater, ich habe gesündigt gegen den Himmel und vor dir ... " (Lukas 15,18). Aber dies sagte er nicht nur. Er machte es auch wahr. Er machte sich auf und ging los. Wahrscheinlich war er unterwegs genauso unruhig, genauso voller Zweifel wie jener Mann in dem Eisenbahnabteil. Aber da sieht er schon wie jener, den Apfelbaum voll weißer Bänder, sein Zeichen. Und in der Tat, es ist ein wunderbares Zeichen: Der Vater kommt ihm entgegen, er selbst. Wir lesen in Gottes Wort: „Als er aber noch fern war, sah ihn sein Vater und wurde innerlich bewegt und lief hin und fiel ihm um den Hals und küsste ihn" (Lukas 15,20). Dieses Zeichen göttlicher Liebe gilt auch für dich. Glücklich, wem vergeben worden ist! Heute noch kannst du dieses Glück dein Eigen nennen.

Weiße Schwarze und schwarze Weiße

Wie bitte? Weiße Schwarze? Dass ich nicht lache! Die gibt es doch gar nicht! So oder ähnlich hast du gedacht, als du die Überschrift sahst. Nun, mir ist auch noch kein weißer „Neger" begegnet. Oder doch? Ich denke da an einen alten Straßenbauarbeiter, dessen Haut von der Sonne, von Wind und Wetter gebräunt und gegerbt war. Oder wenn nach den Sommerferien die Scharen der Urlauber zurückkommen aus dem sonnigen Süden: Als Bleichgesichter sind sie fortgefahren, und braun gebrannt, manchmal kaum wieder zu erkennen, kehren sie zurück.

Und für die andern, die nicht in Urlaub fahren können oder die ihre Ferien bei Regenwetter verleben müssen, gibt es Solarien, Karotinkapseln – und die kosmetische Industrie. Denn schließlich gibt es nicht wenige Menschen, die Wert darauf legen, das ganze Jahr über toll gebräunt auszusehen. Für sie alle gibt es Hautcremes, die auch ohne Urlaub auf Mallorca und ohne Sonne dafür sorgen, dass aus einem Bleichgesicht ein „Neger" wird. Durch die Verwendung eines solchen Mittels mitten im Winter sieht eine Sekretärin im Industriegebiet so braun aus, als sei sie soeben aus Tunesien oder vom Skilauf im Hochgebirge zurückgekehrt.

Nun geh aber nicht gleich ins nächste Geschäft und besorge dir solch eine Hautcreme. Auch auf Karotin und literweise Möhrensaft verzichte lieber.

Selbst die Sonnenbank ist nicht ohne. Mit Recht warnen die Ärzte vor dem Missbrauch solcher Methoden. Aber für die Schönheit werden eben viele Opfer gebracht. Eigentlich ist es zum Lachen; denn die Menschen mit schwarzer Hautfarbe machen es ganz ähnlich. Aber nicht etwa, damit sie noch schwärzer werden, sondern – damit sie weiß werden.

Schon in den vergangenen Jahrhunderten wussten Afrikaforscher davon zu berichten, dass manche Stämme eine ganz helle Art Ton zu einer streichfähigen Masse verarbeiten. Damit bestreichen sie ihren Körper, um eine für ihre Begriffe helle Hautfarbe zu bekommen. Heute haben es die eitlen schwarzen Damen und Herren allerdings einfacher. Sie kaufen im nächsten Drugstore ein Hautbleichmittel und haben denselben Erfolg. Also gibt es doch „weiße Schwarze", wenn man so will.

Aber wir alle wissen, dass aus einem Schwarzen kein Weißer wird. Und umgekehrt auch nicht. Hieran ändern alle Kunstgriffe nichts. Das erinnert uns an das Bibelwort: „Kann auch ein Mohr seine Haut wandeln und ein Leopard seine Flecken? Dann könntet auch ihr Gutes tun, die ihr an Bösestun gewohnt seid." (Jeremia 13,23)

Nein, es ist uns nicht möglich, aus unserer Haut zu schlüpfen und eine andere anzuziehen. Und auch der wilde Leopard behält sein geflecktes Fell.

Mit uns ist es nicht anders. Wir vermögen nichts Gutes zu vollbringen, weil wir von Kind auf an Bösestun gewohnt sind. Wir sind eben von Natur aus nicht gut, wie manche Philosophen und Weltverbesserer behaupten. Vielmehr sind wir durch die Erbsünde böse und ganz und gar unfähig, vor dem heiligen Gott zu bestehen. Aber diesem Gott sei Lob und Dank, dass er für jeden, der im Licht seines Wortes seinen heillosen Zustand erkennt, das Wunder vollbringen kann, von dem wir in Jesaja 1,18 lesen: „Wenn eure Sünde gleich blutrot ist, soll sie doch schneeweiß werden."

Ich denke da an einen Afrikaner, der seinen Zuhörern bei einer Evangelisationsversammlung Folgendes sagte: „Ich habe ein schwarzes Gesicht. Aber ich habe ein weißes Herz, denn es ist gereinigt im Blut Jesu. Ihr hier vor mir habt weiße Gesichter, aber ihr habt vielleicht schwarze Herzen. Lasst sie weißgewaschen werden im Blut des Herrn und Heilandes! Denn glückselig sind die, die reinen Herzens sind. Nur sie werden Gott schauen."

Es geht um dein Bürgerrecht

Kurz vor Ausbruch des zweiten Weltkriegs erließ Benito Mussolini eine Verordnung, die es Italienern untersagte, in die Vereinigten Staaten von Amerika auszuwandern. In einer italienischen Stadt waren zwei Männer von diesem Erlass betroffen. Sie wollten in die Vereinigten Staaten zurückzukehren. Sie hatten in den USA gelebt, und Amerika war ihnen zur Heimat geworden.

Einer der beiden war ein hochangesehener Bankier. Als junger Mann hatte er Italien den Rücken gekehrt und war in die Vereinigten Staaten ausgewandert. Durch seinen Fleiß brachte er es schon bald zu Wohlstand und Ansehen. Aber um die Erfüllung der Voraussetzungen, die nötig sind, Staatsbürger der USA zu werden, kümmerte er sich nicht. Zwar wohnte er in Amerika und hatte die Vorteile dieses Landes für sich in Anspruch genommen. Ja, er konnte schließlich sechs Nullen hinter sein Vermögen setzen. Doch das amerikanische Bürgerrecht galt für ihn nicht. Er war und blieb ein Bürger Italiens.

Gerade hatte dieser Bankier alle Vorbereitungen getroffen, um in die Vereinigten Staaten zu rückzukehren. Da kam Mussolinis Erlass. Aber das beunruhigte ihn zunächst nicht besonders. Zuversichtlich begab er sich auf das amerikanische Konsulat. Dort verlangte er den Konsul persönlich zu sprechen und bat ihn, dafür zu sorgen, dass er sein Visum bekäme. Wie überrascht und verärgert war er, als er von dem Konsul hörte, dass er keine Aussicht habe, auswandern zu dürfen! Erst protestierte er dagegen. Dann schäumte er vor Wut. Es half nichts. Er bat. Er flehte. Ohne Erfolg. Denn er war nicht Amerikaner, sondern Italiener. Sein Reichtum, seine privaten und geschäftlichen Verbindungen, sein fehlerfreies Englisch – alles konnte ihm nichts helfen. Er musste in Italien bleiben.

Der andere Mann war ein einfacher Typ, Bauer von Beruf. Er hatte nur wenige Jahre in Amerika gelebt, sprach nur gebrochen Englisch und hatte keine amerikanischen Manieren. Aber er wollte nach drüben, zurück in die USA, seine neue Heimat. Er sprach bei dem zuständigen Beamten vor und bat um die Erlaubnis, Italien verlassen zu dürfen.

„Sind Sie Bürger der Vereinigten Staaten?", fragte der Beamte. „O yes!" Und dann sprudelte es nur so aus ihm heraus in einer Mischung von Italienisch und Englisch: „Ich bin Staatsangehöriger der USA! Ich habe den Eid auf die amerikanische Verfassung geleistet! Und sehen Sie, hier, hier sind meine Papiere!" Der Konsulatsbeamte prüfte die Ausweise und drückte einen Stempel hinein. „Sie können heraus", sagte er lächelnd. „Sie sind ja Amerikaner. Der Erlass Mussolinis gilt für Sie nicht."

Und du? Auf welcher Reise befindest du dich? Auch wenn du dich nicht mit Auswanderungsabsichten trägst, einmal musst du gehen. Ob du willst oder nicht – in ein ganz anderes Land. Und wohin wird dann deine Reise führen? In die Herrlichkeit oder in die ewige Gottesferne?

Eins musst du nämlich wissen: Der Bestimmungsort entscheidet sich nicht erst nach diesem Leben, sondern hier und heute. Du musst jetzt schon himmlisches Bürgerrecht erwerben, um in den Himmel zu kommen.

Und noch eins: Dieses Bürgerrecht besitzt kein Mensch von Natur aus. Weil er so anständig ist. Weil er aus einer so angesehenen Familie stammt. Weil er den Herrn Pfarrer so gut kennt. Weil er so „fromme" Dokumente hat. Nein, das nützt alles nichts. Aber einer will dir dieses Bürgerrecht schenken: Jesus Christus. Und dieses Geschenk hat ihn sein Leben am Kreuz von Golgatha gekostet. Es hat einem heiligen Gott seinen eingeborenen Sohn gekostet.

Und denen, die an das Versöhnungswerk Christi glauben, ruft das Wort Gottes zu: „Also seid ihr nun nicht mehr Fremdlinge und ohne Bürgerrecht, sondern ihr seid Mitbürger der Heiligen und Hausgenossen Gottes" (Epheser 2,19).

Lass es dir ernstlich durch den Kopf gehen! Denn: Es geht um *dein* Bürgerrecht.

Sehenswürdig

Ungezählte Touristen aus allen Erdteilen besuchen London, die Hauptstadt Großbritanniens. Viele von ihnen besichtigen die berühmten Baudenkmäler dieser großartigen Acht-Millionen-Stadt und kommen auch zur St.-Pauls-Kathedrale, der größten Kirche Englands. Im Herzen der City wurde sie in den Jahren 1675-1710 von dem Architekten Sir Christopher Wren erbaut, der auch Schöpfer vieler anderer bekannter Bauwerke Londons ist.

Aber dieser Dom sollte sein bedeutendstes Werk werden. Als er im Jahr 1723 im Alter von einundneunzig Jahren starb, wurde er hier beigesetzt. Eine schlichte Inschrift über seinem Grab kündet: „Wenn du sein Denkmal suchst, so sieh dich um!"

Manche anderen großen Männer sind in dieser Kathedrale begraben. So kannst du hier die Grabstätte des tapferen Admirals Nelson finden, der 1805 vor Spaniens Südküste bei Kap Trafalgar eine große Seeschlacht gegen die französisch-spanische Flotte gewann und in dieser Schlacht tödlich verwundet wurde. Auch General Wellington liegt hier begraben. Vielleicht weißt du aus dem Geschichtsunterricht, dass er 1815 zusammen mit dem preußischen Feldmarschall Blücher bei Waterloo in der Nähe von Brüssel den stolzen Napoleon und sein Heer endgültig besiegte.

Aber auf etwas anderes möchte ich dich aufmerksam machen. Und wenn du einmal nach London kommst und den St.-Pauls-Dom besuchst, darfst du nicht versäumen, es dir genau anzusehen. Ich meine das Gemälde des englischen Malers William Holman Hunt (1827-1910) mit der Überschrift: „The Light of the World" (Das Licht der Welt). Es redet eindringlich zu den Menschen, die Tag für Tag oft in Gruppen vor ihm stehen. Dunkelheit herrscht auf diesem Bild vor. Eine hoheitsvolle und doch sanftmütige Gestalt soll den Sohn Gottes darstellen. Er trägt eine Krone aus Dornen und hält in seiner linken Hand ein helles Licht, das das Dunkel durchdringt. Mit seiner Rechten klopft er angespannt lauschend an etwas, das eine Tür sein soll. Wildes Gestrüpp rankt an ihr empor, und rostige Nägel und gefährliche Splitter stecken darin. Vor allem aber: Es ist gar kein Türgriff zu sehen. Ob der Maler ihn vergessen hat? Und warum hat er diese Tür so hässlich dargestellt, dass man dem Bild sogleich ansieht, dass sie noch nie geöffnet wurde? Unter dem Bild ist eine Stelle aus Gottes Wort angegeben, die dem Betrachter helfen soll: „Siehe, ich stehe an der Tür und klopfe an; wenn jemand meine Stimme hören wird und die Tür öffnet, zu dem werde ich hineingehen ... " (Offenbarung 3,20).

Ob mit der Tür in diesem Bibelwort und der Tür auf dem Bild das menschliche Herz gemeint ist? Ganz sicher. Und der Maler unseres Bildes hat versucht, dieses menschliche Herz darzustellen, wie es von Natur aus beschaffen ist: voller Dunkel und Unreinheit, abweisend und von Grund auf unsympathisch. Wie hoffnungslos wäre unsere Lage, wenn nicht der Herr Jesus Christus, der sich selbst „das Licht der Welt" nennt (Johannes 8,12), sich aufgemacht hätte, um an dieses so abstoßende Etwas anzuklopfen. Und wie gespannt wartet er darauf, ob sein Klopfen gehört und die Herzenstür geöffnet wird. Damit er Licht, Leben und Freude bringen kann! Und nun verstehst du auch gewiss, warum der äußere Türgriff fehlt. Der Maler will dem aufmerksamen Betrachter deutlich machen, dass die Herzenstür nur von innen geöffnet werden kann. Gott begehrt nicht mit Gewalt Einlass. Aber er klopft und klopft, einmal leise, einmal laut. Du selbst sollst ihm öffnen. Hast du seine Stimme schon vernommen? Dann gib ihm Antwort und öffne ihm ohne Zögern! Du weißt nicht, ob er vielleicht heute das letzte Mal vor deiner Tür steht.

Panik im Stadion

Grenzen auf einer Länge von 650 km abgeriegelt. Schärfste Passkontrollen. 80.000 Mann in höchster Alarmbereitschaft. Panzerfahrzeuge rollen an. – Was ist los? Droht ein neuer Krieg? Mitten in Europa? Zum Glück nicht. „Nur" Schlagzeilen der Zeitungen vor und während der Fußball-Europa- Meisterschaft im Juni und Juli 2000 in Holland und Belgien.

Trotz aller Sicherheitsmaßnahmen – die mehr als 160 Millionen Euro verschlingen – hinterlassen die Invasion der Hooligans und die Straßenschlachten mit der Polizei in Brüssel und Charleroi eine Spur der Verwüstung. Dabei geschah das Fußball-Blutbad in der Türkei erst vor wenigen Monaten.

Istanbul, 5. April 2000. Fans wurden nach dem Spiel von Istanbul gegen Leeds United durch Messerstiche wie ein Stück Vieh umgebracht. Bald sind es vielleicht andere Mordinstrumente. Der Schrei nach Rache wird alles übertönen – und die Vernunft bleibt auf der Strecke. Und unser Erinnerungsvermögen auch. Fast gehören Blut und Spiele schon zusammen.

Wer erinnert sich noch an eine der schwärzesten Stunden des Sports? Im Brüsseler Heysel-Stadion. Jetzt in König-Baudouin-Stadion umbenannt. 29. Mai 1985. Europapokal-Endspiel Juventus Turin – FC Liverpool. Aus dem geplanten Fußballfest wird ein Grauen mit Langzeitwirkung.

Schon vor dem Anpfiff beginnen Horden von Randalierern mit Eisenstangen und losgerissenen Steinen brutal auf die Juventus-Fans einzuschlagen. Die Bilanz des unbeschreiblichen Blutrauschs: 39 Tote und 450 Verletzte. Nur mit äußerster Anstrengung kann die Polizei den Gegenangriff Hunderter Italiener zurückschlagen. Der Generalsekretär der Europäischen Fußball-Union UEFA behauptet rückblickend: „Wir sind um Haaresbreite an einer totalen Katastrophe mit Tausenden von Toten vorbeigekommen."

Weitere Rückblende! Lima, Sonntag, den 24. Mai 1964. Perus Hauptstadt hat einen großen Tag. Die Fußballfreunde des Landes strömen in Scharen herbei. Viele sind die ganze Nacht gefahren, manche sogar tagelang. Denn heute fällt die Entscheidung. Das Ausscheidungsspiel zwischen den Nationalmannschaften Perus und Argentiniens wird zeigen, ob Perus oder Argentiniens Elf nach Tokio fliegen wird, um an den Olympischen Spielen teilzunehmen. Für viele der Sportfreunde beginnt die Ankunft in Lima mit einer Enttäuschung. Wochenlang haben sie ihr Geld zurückgelegt für die Fahrt und für die Eintrittskarten. Aber nun ist das Nationalstadion mit seinen 50.000 Sitzplätzen ausverkauft. Und als man Punkt 15.00 Uhr den Anpfiff hört, stauen sich draußen noch Tausende, die nicht mehr hineinkönnen.

Im Stadion sind alle in Hochstimmung. Auf einigen Zuschauertribünen geht es lautstark zu. Die kleine Schar der argentinischen Schlachtenbummler feuert im Sprechchor ihre Mannschaft an. Aber die unübersehbare Masse des peruanischen Publikums zeigt, dass sie das besser kann. Die argentinische Elf spielt flüssig und sicher, fast möchte man sagen, sie spielt elegant. Aber die Peruaner sind ebenfalls in bester Form und kämpfen mit vollem Einsatz. Es ist ein schnelles, ein mutiges, ein aufregendes Spiel. Die erste Halbzeit endet mit 0 : 0. Und jetzt nach dem Wiederanstoß fiebern die Massen vor Erregung. Unbeschreibliche Begeisterung brandet bei den argentinischen Zuschauern auf, als das Leder unhaltbar und hart in Perus Tor knallt. Das ist ihre Belohnung für die weite Reise aus dem Süden aus über dreitausend Kilometer Entfernung. Aber die Peruaner geben nicht auf. Ihre Jungs greifen verbissen an. Und dann, zehn Minuten vor Schluss, ein einziger Schrei aus fünfzigtausend heiseren Kehlen: Tor! Tor! Tor! Die Freude ist grenzenlos. Der Ausgleich ist da.

Aber was ist auf dem Spielfeld los? Zwischen dem Schiedsrichter und den Spielern fliegen erregte Sätze hin und her. Schimpfworte und Drohungen sind zu hören. Eduardo Pazos, der Schiedsrichter aus Uruguay, erkennt das Tor nicht an. Er habe kurz vorher gepfiffen, sagt er, weil ein argentinischer Spieler gefoult worden sei. Seine Entscheidung löst auf den Zuschauerrängen einen Aufschrei der Wut und Enttäuschung aus. Im Stadion brodelt es. Man ist in einem Hexenkessel. Die ersten Flaschen hageln aufs Spielfeld. Die Unruhe der Masse steigert sich. Der Schiedsrichter ist völlig machtlos. Er pfeift das Spiel ab

Die Folge: Erregung und Wut nehmen gewaltig zu. Nur gut, dass das Spielfeld von einem zweieinhalb Meter hohen Zaun aus Maschendraht umgeben ist, der die aufgeregte Menge fern hält. Und schließlich ist ja auch noch die Polizei da. Der Polizeikommandant von Lima hat von Anfang an seine Männer in der blauen Uniform rings um den grünen Rasen aufgestellt und sie mit Stahlhelm, Pistolen, Gummiknüppeln und Tränengasbomben ausgerüstet. Denn die südamerikanische Polizei ist bei Fußballspielen auf alles gefasst. Die Sportfanatiker in Peru geraten leicht in Rage. Sie verlieren rasch jede Hemmung, stürmen den Platz und greifen den Schiedsrichter oder die Spieler an. So muss die Polizei sehr bald hart durchgreifen.

Blitzschnell gelingt es zwei ganz Verwegenen, über den Zaun zu klettern. Sie wollen sich auf den Schiedsrichter stürzen. Die Polizisten können ihnen den Weg abschneiden und sie abdrängen. Mit Gummiknüppeln dreschen sie auf sie ein und schleppen sie weg. Aber schon stürzt eine wilde

Horde die Gänge hinunter und will über den Zaun. Die Polizei wehrt sich verzweifelt. Aber es kommen immer mehr. Im Nu schneiden und reißen sie große Löcher in die eisernen Maschen und rasen aufs Spielfeld. Zu ihrem Glück sind Schiedsrichter und Spieler inzwischen in Sicherheit gebracht worden. Aber der Zorn der Massen kennt keine Grenzen. Einige zünden die Holzbänke auf den Tribünen an. Andere reißen eine Sperrmauer ein und bewerfen die Polizisten mit Ziegelsteinen. Um Blutvergießen zu vermeiden, müssen unbedingt weitere Zusammenstöße zwischen der Polizei und den tollwütigen Fanatikern verhindert werden. So beginnt die Polizei, Tränengas einzusetzen. Tausende würgen und husten, reiben sich die Augen und können doch nicht sehen. Und eine undurchdringliche Menschenmauer hält sie alle fest.

Da plötzlich durchzuckt es die Menge wie ein elektrischer Schlag. Mit einem Mal kennt jeder nur den einen Gedanken: Raus! Nur raus! Und schon drängt die Menge den Ausgängen zu. Sie wälzt sich hinab in die vier Meter breiten Tunnel, die unter den Tribünen auf die Straße hinausführen. Jeder will sein Leben retten, wieder frei atmen können, die Freiheit gewinnen. In dem Mahlstrom werden viele umgerissen und zu Tode getrampelt.

Aber jetzt kommt das Furchtbarste. Die schweren, eisernen Türen am Ende der Tunnels sind verschlossen. Die Pförtner haben offenbar kurz vor Spielschluss ihre Posten verlassen, um sich die letzten Minuten des Länderkampfes anzusehen, und haben nicht mehr zurückkehren können. Welle auf Welle halb irrsinniger Menschen wälzt sich gegen die mächtigen, geschlossenen Türen. Verzweifelte Schreie verhallen ungehört. Viele müssen ersticken, werden erdrückt oder totgetrampelt.

Bei dieser größten Katastrophe in der Geschichte des Sports werden mehr als dreihundert Menschen getötet. Die Zahl der Verletzten ist unübersehbar. Verschlossene Türen versperrten ihnen den Weg zum Leben, den Weg in die Freiheit.

Auch in Gottes heiligem Wort ist von verschlossenen Türen die Rede. Wir lesen dort von einem Mann namens Noah, der seine Mitmenschen auf das kommende Gericht Gottes hinwies und sie zur Buße rief. Er erntete nur Spott und Verachtung. Ja, man hielt ihn für nicht normal. Wie konnte er sonst mitten auf dem Festland jahrzehntelang ein mächtiges Schiff bauen? Aber dann traf die angekündigte Strafe über das selbstsichere Geschlecht herein. Alle Wasserquellen der Erde und alle Regenschleusen des Himmels verwandelten innerhalb von vierzig Tagen und Nächten das feste Land in ein unübersehbares Meer. Und von Noah und seiner Arche lesen wir: „Der HERR schloss hinter ihm zu" (1. Mose 7,16). Noah und seine Familie waren gerettet und in Sicherheit, alle anderen kamen um. Zunächst war das riesige Rettungsboot für alle da. Aber nun war für die große Menge der Spötter, der Gleichgültigen und der Zögernden die Tür, die allein in die Rettung vor dem

Verderben führen konnte, fest verschlossen. Die Gnadenzeit war unwiderruflich vorbei. Gott selbst hatte durch Noah lange genug zur Umkehr aufgefordert. Aber jetzt wurde das gerechte Urteil vollstreckt. Er selbst, der einst die Retterhand darbot, wurde nun zum Richter aller Ungehorsamen und Spötter.

Es liegt ein heiliger Ernst über dieser Geschichte mit der verschlossenen Tür. Denn auch heute weiß kein Mensch, wann die Tür für immer verschlossen wird. Noch ruft Jesus, der Herr, allen Menschen zu. „Ich bin die Tür; wenn jemand durch mich eingeht, so wird er errettet werden" (Johannes 10,9). Denn er allein ist der Weg, der zum ewigen Leben führt. Niemand kann zu Gott, dem Vater, kommen als nur durch ihn. Und deshalb warnt er heute noch alle, die zögern und es aufschieben wollen. Es könnte ihnen so gehen wie den törichten Jungfrauen, die auch zu spät kamen und in deren ernster Geschichte wir ebenfalls lesen: „... und die Tür wurde verschlossen" (Matthäus 25,10). Ihr Klopfen und Rufen: „Herr, Herr, tu uns auf!" half nicht mehr. Es war *endgültig* zu spät. Die Tür war für immer verschlossen. Sie hörten nur noch das ernste Wort des Herrn: „Wahrlich, ich sage euch: Ich kenne euch nicht!" Darum gehe ein durch die Tür, solange sie noch geöffnet ist!

Der Tag, der die Welt veränderte

New York, Montag, der 10. September 2001: Die Stadt sprüht und pulsiert voll Leben rund um die Uhr, und das immer auf Hochtouren. Es trifft den Nagel auf den Kopf, wenn die Werbemanager von New York behaupten „The City Never Sleeps".

Einst Traum und Albtraum unzähliger Einwanderer. Heute florierende Metropole der Finanz- und Wirtschaftswelt. Sitz der UNO. Treffpunk der High Society und Eldorado der Kunstfreunde. Und nicht zu vergessen, Zentrum einer unüberschaubaren Vergnügungsindustrie.

Unter den vielen Sehenswürdigkeiten ist der Stadtteil Manhattan unbestreitbar das beliebteste Touristenziel. Es ist eigentlich diese Halbinsel zwischen Hudson und East River, wenn man an New York denkt.

Wer kennt nicht – wenigstens dem Namen nach – die Wall Street, den Madison Square Garden, das Rockefeller Center und den Broadway. Und nicht zu vergessen unmittelbar vor der Küste Manhattans – dort wo der Seeweg zum Atlantischen Ozean führt – auf einer kleinen Insel die symbolträchtige Freiheitsstatue.

Gerade von hier aus genießt man einen sagenhaften Blick auf die Skyline der Stadt. Man könnte denken, alle Wolkenkratzer der Erde hätten sich auf diesen wenigen Quadratmeilen Süd-Manhattans zu einer Olympiade der Architektur aufgereiht. Nach dem Motto: hoch – höher – am höchsten.

Am meisten fallen die beiden 417 bzw. 415 Meter hohen, silberglänzenden Zwillingstürme des World Trade Center mit ihren 43.600 Fenstern ins Auge. Nach sechsjähriger Bauzeit wurden die Gebäude 1972 fertig gestellt. Beide haben 110 Stockwerke mit insgesamt 400.000 m² Bürofläche für die rund 50.000 Beschäftigten, die durch jeweils 103 Aufzüge an ihren Arbeitsplatz gelangen können. Hier im WTC haben 430 Firmen aus 26 Ländern ihren Sitz.

Der Südturm bietet eine besondere Attraktion. Dort befindet sich im 107. Stock eine Aussichtsterrasse, zu der die kaum vorstellbare Zahl von täglich 80.000 Besuchern kommt. Kann man doch von hier aus eine grandiose Aussicht auf die Stadt, den Hafen und das Meer genießen. Spezielle Aufzüge bringen die Besucher in nur 58 Sekunden vom Turmeingang bis hierhin. Diese wenigen Zahlen sollen die gigantischen, kaum vorstellbaren Dimensionen des World Trade Center etwas verdeutlichen. Und außer diesen beiden Wolkenkratzern gehören noch fünf weitere, zum Teil riesige Gebäude zum WTC-Komplex, darunter das 30-stöckige luxuriöse Mariott-Hotel „Financial Center".

Boston, International Airport, Dienstag der 11. September 2001: Es ist 7.58 bzw. 7.59 Uhr. Zwei Flugzeuge vom Typ Boeing 767 heben für einen Flug quer über den nordamerikanischen Kontinent voll betankt ab. Das eine der United Airlines mit 56 Fluggästen und 9 Besatzungsmitgliedern an Bord mit dem Ziel Los Angeles. Das andere von American Airlines mit 81 Passagieren und 11 Personen Flugpersonal mit demselben Zielflughafen. Und die Tanks jeder Maschine fassen für den weiten Flug mehr als 90.000 Liter Flugbenzin.

Nicht lange nach dem Start spielen sich an Bord im Cockpit unvorstellbare Szenen ab. Highjacker überwältigen die Crew, bedrohen die Fluggäste und übernehmen die Steuerung. Blankes Entsetzen. Todesangst. Bange Frage: Wohin geht die Reise?

New York, Dienstag der 11. September 2001: An diesem Spätsommermorgen erstrahlt über der Weltstadt ein herrlich blauer Himmel. Die Büros der Doppeltürme des World Trade Center beginnen sich zu füllen. Und vom nahen Mariott-Hotel fahren die ersten Gäste mit dem Schnell-Aufzug in das noble Dachrestaurant des WTC, um dort ihr Frühstück einzunehmen und einen grandiosen Ausblick zu genießen. Und unaufhörlich bringen U-Bahnen und Taxis Scharen von Angestellten und auch die ersten Touristen.

Ein Passagierflugzeug nähert sich in auffallend niedriger Höhe der Skyline Manhattans. Es ist genau 8.45 Uhr, als das Unfassbare geschieht: Eine Boeing rast auf die oberen Stockwerke des Nordturms zu. Wie eine Rakete bohrt sie sich mit unvorstellbarer Wucht und von dem Flammenmeer des explodierenden Kerosins umgeben in den Koloss.

Der Nordturm brennt. Es ist der Turm, auf dem die riesige 110 Meter hohe Antenne steht. Bald ist sie in dem aufsteigenden Qualm nicht mehr zu erkennen.

Die Menschen im Turm sind wie elektrisiert. Eine Schrecksekunde lang. Dann geht alles blitzschnell. Der ohrenbetäubende Knall, der Geruch des brennenden Kerosins, der beißende Qualm treibt sie in das überfüllte Treppenhaus. Runter, nur runter… Noch denkt man an ein Unglück, eine technisch bedingte Katastrophe …

Dokumentarfilmer sind zufällig dabei, einen Streifen über die New Yorker Feuerwehr zu drehen. Während der Aufnahme geschieht der Crash. Das Team bleibt dran und hält das Grauen von Manhattan auf dem Film fest. Die Kamera ist auf den brennenden Nordturm gerichtet – da taucht plötzlich eine zweite Boeing auf. Die Uhr zeigt genau 9.06 Uhr. Das Entsetzliche geschieht: Wie eine überdimensionale Rakete trifft die Maschine den Südturm mit ungeahnter Wucht. Auch hier ein einziges Inferno von gewaltiger Explosion, Flammen, Qualm, Staub und Schutt.

Es gibt keinen Zweifel mehr. Das ist kein Unglücksfall. Das ist ein ausgeklügelter Terrorakt von diabolischer Dimension.

Was sich in den Türmen und draußen davor abspielt, ist mit Worten kaum zu beschreiben. Die Berufsfeuerwehr ist sofort zur Stelle. Ihr Einsatzleiter rennt als einer der Ersten in die brennenden Türme. Mit Lampen und Atemschutzgeräten. Vorbei an schreienden Menschen soweit wie möglich bis in die oberen Stockwerke. Seine tapferen Leute folgen ihm. Manchen Schwerverletzten und halb Bewusstlosen bringen sie in Sicherheit. Leben für Leben setzen sie ein. Und im Freien fällt glühender Stahl wie flammende Messer vom Himmel. Und dann die ätzende, alles vergiftende Feuerwalze des herabstürzenden und weit umherwirbelnden Kunststoffs.

10.00 Uhr. Der Südturm bricht in einer riesigen Wolke aus Qualm, Staub und Trümmern in sich zusammen. Um 10.29 Uhr steht auch der Nordturm nicht mehr. Und nach und nach stürzen die meisten der anderen zum World Trade Center gehörenden Gebäude inmitten des riesigen Flammenmeers ein.

Von den Feuerwehrmännern – „the Bravest" wie sie am Hudson heißen – die buchstäblich bis zum letzten Augenblick ihr Leben einsetzen, finden 354 ihr Grab unter haushohen Trümmern. Und mit ihnen viele, viele andere. Insgesamt sind 2.992 Tote zu beklagen, darunter die 157 Insassen der beiden entführten Flugzeuge. Sie alle sind Opfer einer heimtückischen, mörderischen Attacke, Opfer von Hass und Fanatismus.

Die Terrorakte gehen weltweit über die Bildschirme. Der Crash, die lodernden Flammen, der braune Qualm über der Stadt – es scheint irgendwie unwirklich zu sein. Und der apokalyptisch wirkende Einsturz, der wie Obelisken in den Himmel ragenden Türme – alles übersteigt die Fantasie selbst eines jeden Horror-Regisseurs.

Aber das ist nicht blinder Wahnsinn – sondern Wahnsinn mit Methode. Denn der Symbolgehalt der attackierten Gebäude ist kaum zu übertreffen. Das WTC ein Wahrzeichen der Macht des Geldes und der Hightech-Gesellschaft. Um 9.40 Uhr desselben Tages wird auf dieselbe Weise das Pentagon in Washington schwer beschädigt. Das Verteidigungsministerium – der Inbegriff für militärische Macht und Überlegenheit – steht in Flammen.

Der 11. September 2001 setzt ein unübersehbares Signal: Nichts und niemand auf dieser Welt ist sicher. Keiner unverwundbar. Der Boden der Zivilisation, auf dem wir uns so selbstsicher bewegen, ist im Grunde genommen nicht dicker als eine brüchige Eisschicht über einem tiefen, schauerlichen Abgrund.

Seit diesem Tag ist unsere Welt – besser gesagt, ist unsere Anschauung über die Welt – völlig umgekrempelt geworden. Irgendwie ist nach diesen Ausrufungszeichen vieles, ja alles anders.

Und jeder kennt die weltweiten Folgen: Aufmarsch von Truppen und Flottenverbänden. Bomben- und

Raketenangriffe. Angst vor ABC-Waffen. Keine Ruhe in Afghanistan. Rund um den Globus Terror und Angst. Mord und Blutvergießen Tag für Tag. Und dann das explodierende Pulverfass Nahost ...

Ausgesprochen oder nicht, die Frage ist da: Und wo ist Gott in diesem Schrecken? – Doch diese Frage ist prinzipiell falsch gestellt. Weil, ja weil man vielleicht im Hinterkopf hat, Gott anzuklagen und dabei vergisst, dass es sich um ein scheußliches Verbrechen von Menschen handelt. Solchen, die bewusst gegen ihn und seine heiligen Gebote verstoßen. Solchen, die einen genau kalkulierten und mit enormer Logistik versehenen kaltblütigen Massenmord verüben wollten.

Gott ist da – aber er löscht den Schrecken nicht aus. Dieses Grauen, das von seinen gegen ihn rebellierenden Geschöpfen geplant und begangen wurde. Er ist bei den Gläubigen, die nach ihm schreien, in Todesangst. Er lässt die nicht allein, die zu ihm umkehren. Aber da sind auch die, die nicht nach ihm fragten. Jetzt läuft ihnen die Zeit davon, den sicheren Tod vor Augen. Und wohin jetzt? – Was danach ...?

Gott ist da – inmitten aller Tränen und Qualen des von Menschen geschürten Hasses. Er ist da – auch in allem unsagbaren Leid, das Menschen sich gegenseitig zufügen. Tag für Tag bis heute. Er hat das alles nicht gewollt. Aber Gott hat den Menschen nicht als Marionette erschaffen. Er hatte die freie Wahl und konnte sich für den Gehorsam oder Ungehorsam entscheiden. Aber der Mensch hat sich – von Satan – verführt – von seinem Schöpfer abgewandt. Damit begann das ganze Elend, sofort nach dem Sündenfall damals. Der älteste Sohn des ersten Menschenpaars begnügte sich nicht mit ein paar Unhöflichkeiten. Er ermordete seinen Bruder ... Und Egoismus, Hass und Neid sind die Ursache von allem Unfrieden, von Streit und Mord. Bei den Einzelnen, in den Familien und unter den Völkern.

Die Folgen der Sünde sind immer noch dieselben: Schmerzen und Tränen, Elend und Tod. Und vor allem: Sünde trennt von Gott – jetzt und auf ewig. Aber Gottes Gedanken waren und sind andere. Bis heute. Vor und nach dem 11. September. Gott will nicht dass Menschen verloren gehen – in Ewigkeit fern von ihm sind. Er liebt dich. Deswegen sandte er seinen Sohn Jesus auf diese Erde. Jesus starb am Kreuz von Golgatha an deiner Statt. Um deine Sünden-Rechnung zu bezahlen.

Und jeder hat Schuld. Ganz persönliche Schuld. Das grausame Geschehen in Manhattan ist ein erschreckendes Beispiel von dem, wohin die Sünde den Menschen gebracht hat. Aber Gott selbst hat den Ausweg geschaffen: „Denn so hat Gott die Welt geliebt, dass er seinen eingeborenen Sohn gab, damit jeder, der an ihn glaubt, nicht verloren gehe, sondern ewiges Leben habe" (Johannes 3,16). Und wie gut: Sein Angebot gilt bis heute.

Und vielleicht haben wir viel zu oft ausgeblendet, dass unser Leben auch Grenzen hat. Dass wir der Endlichkeit unterworfen sind und dass wir sterben müssen. „So lehre uns denn zählen unsere Tage, damit wir ein weises Herz erlangen." (Psalm 90, 12) Unsere Jahre setzen sich aus einzelnen Tagen zusammen, von denen jeder der letzte sein kann. Plötzlich und unerwartet. Alle Bemühungen um menschliche Sicherheit sind letztlich nur Seifenblasen, nur Makulatur ...

Die Zeit geht zu Ende. Die Zeit deines Lebens. Für die Menschen in New York kam das Ende unerwartet, schnell grauenhaft. Und dann? Was dann? ... – Gott bietet dir heute noch seine starke Hand. Das Angebot der Rettung für alle Ewigkeit. Diese Hand muss man ergreifen.

Wie man das macht? Indem man seine ganz persönliche Lebensschuld bekennt und Gottes Sohn, Jesus Christus, als Heiland – den, der das Kaputte heilt und alles ganz neu macht – im Glauben annimmt. In diesem Leben gibt es nichts Wichtigeres. Es geht schließlich um Himmel oder Hölle. Darum gehe an seiner Liebe nicht vorbei. Nimm sie an. Und lass ihn Herr werden in deinem Leben. „Wir bitten an Christi statt: Lasst euch versöhnen mit Gott!" (2. Korinther 5,20).

Ein eigenes Flugzeug

Wie? Du hast kein eigenes Flugzeug? Das ist aber schade. Besitzt du denn eine schöne Villa? Was, auch keine Villa? Aber dann fährst du doch sicher einen rassigen Wagen. Wie bitte? Nur ein Moped? Ach, du Ärmster! Erlaube mir, dass ich dich einmal so bemitleide. Du sollst bald sehen, dass es mir mit meinem Mitleid nicht so ernst ist.

Zunächst möchte ich dir von einer jungen schönen Frau erzählen, die alles, was ich gerade aufzählte, besaß. Aber außer einem Privatflugzeug, einer prachtvollen Villa bei Paris und mehreren Luxuswagen nannte sie noch viel mehr ihr Eigen. Sie besaß kostbaren Schmuck von fast unvorstellbarem Wert, und als Haustier hielt sie einen zahmen schwarzen Panther, den sie an der Leine auszuführen pflegte. Aber ich habe dir ja den Namen dieser beneidenswerten Frau noch gar nicht genannt. Ich spreche von dem einst weltbekannten Mannequin Nina Dyer. Als Tochter eines englischen Rechtsanwalts kam sie nach Paris, wo sie für die führenden Modehäuser der Stadt tätig war. Mit vierundzwanzig Jahren heiratete sie dann den deutschen Baron und Großindustriellen von Thyssen. Dieser hatte ihr außer vielen wertvollen Hochzeitsgeschenken noch ein Geschenk ganz besonderer Art gemacht, und zwar schenkte er seiner jungen Frau eine eigene Insel im Karibischen Meer. Aber trotz allem war diese Ehe nicht von Dauer. Und bei der Scheidung soll sie eine riesige Summe als Abfindung erhalten haben. Auch ihre zweite Ehe mit

Prinz Sadruddin Khan, einem Onkel Aga Khans, machte sie nicht glücklich. Es kam wiederum zur Scheidung, und sie erhielt auch von ihm mehrere Millionen. Und seitdem lebte sie reich, unendlich reich in ihrer Villa in Garches, einem westlichen Vorort von Paris, bis man die immer noch schöne Fünfunddreißigjährige in ihrer Villa tot auffand. Sie hatte Selbstmord begangen.

Ich denke, nun siehst du ein, wer in Wirklichkeit unser Mitleid verdient hat. Und es gibt noch viele Reiche und solche, die es unbedingt werden wollen, die uns wirklich Leid tun können. Da verspielen ungezählte Menschen Woche für Woche ihr Geld, um endlich den großen Gewinn zu machen, der sie aller Sorgen entheben und sie glücklich machen soll. Aber würde einmal ein Buch geschrieben, das das Leben der „glücklichen" Gewinner nach dem großen Treffer beschreibt, ich fürchte, wir würden nicht viel von Freude und Glück darin lesen. So starb der Italiener Nicola Saccini in einer Nervenheilanstalt in Genua. Er hatte einen bis dahin noch nie da gewesenen Millionen-Gewinn einstreichen können. Mit diesem Augenblick aber nahm sein Leben eine unglückliche Wendung. Nach wenigen Monaten trennte er sich von seiner Ehefrau, kaufte Häuser und verspekulierte sein Geld. Seine Nervenkraft war den Millionen und ihren Versuchungen nicht gewachsen. Als armer Mann landete er in der Irrenanstalt.

Die Bibel berichtet in einem Gleichnis von einem reichen Mann, dessen Ländereien eine große

Ernte einbrachten. Nun wollte er neue, größere Scheunen bauen und sagte schon zu sich selbst: „Liebe Seele, du hast einen großen Vorrat auf viele Jahre. Habe nun Ruhe, iss, trink und habe guten Mut!" Und dann hören wir weiter: „Aber Gott sprach zu ihm: Du Tor! In dieser Nacht fordert man deine Seele von dir; was du aber bereitet hast, für wen wird es sein? So ist der, der für sich selbst Schätze sammelt und nicht reich ist in Bezug auf Gott." (Lukas 12,19-21). Glücklich wirst du nicht durch irdischen Reichtum. Auch ist die Geldliebe eine Wurzel alles Bösen (1. Timotheus 6,10), und in unserer heutigen Zeit sind die Menschen besonders geldliebend (2. Timotheus 3,2). Die Illustrierten, das Fernsehen und Internet zeigen fast nur Menschen mit strahlenden Gesichtern inmitten einer wohlhabenden Umgebung. Die neue Zauberformel heißt: Wohlstand, Wohlstand über alles! Dabei sieht die Wirklichkeit so ganz anders aus. Sieh dich nur um, und schau deine Mitmenschen an! Beobachte ihre Gier nach Reichtum und wie sie zum Lotto-Schalter hetzen. Jeder will den Jackpot knacken. Ihre Gesichter sehen alles andere als glücklich aus. Es gibt nämlich nur einen Weg, wirklich glücklich zu werden. Gott sagt in seinem Wort: „Glückselig der Mensch, der auf mich hört!" (Lies auch im Zusammenhang Sprüche 8,32 bis 36!). Er hat seinen eigenen Sohn, Jesus Christus, für uns arm werden lassen, damit wir durch seine Armut reich würden (2. Korinther 8,9). Darum komm zu ihm! Er allein will und kann dich wirklich reich und glücklich machen.

Die vielen Dinge

Der große griechische Philosoph Sokrates (469-399 v. Chr.) befand sich einst mit einer Gruppe von Schülern in Piräus, dem geschäftigen Hafenviertel von Athen. Dort sahen sie zu, wie ungeheure Mengen der verschiedensten Waren, die die Schiffe herbeigebracht hatten, verladen und weitertransportiert wurden, um dann in der Stadt den kauflustigen und anspruchsvollen Bürgern angeboten zu werden. Nachdem sie eine Weile dem lebhaften Treiben zugesehen hatten, strich sich Sokrates vergnüglich mit der Hand den langen Bart und sagte zu seinen Schülern: "Wie viele Dinge gibt es doch auf unserer bunten Welt, die ich nicht brauche!"

Dieser Ausspruch des Sokrates zeigt gewiss eine gesunde Einstellung und verrät große Weisheit. Wird dieser Satz in unseren Tagen ausgesprochen, dann ist sein Wert noch höher zu veranschlagen; denn heute, bald 2.500 Jahre nach Sokrates, ist das Angebot an Gütern und Dienstleistungen aller Art unvergleichlich reichhaltiger als zur Zeit der alten Griechen. Die meisten Menschen meinen heute, möglichst viele Dinge haben zu müssen. Und so ist ihr ganzes Leben und Streben darauf gerichtet, viel zu verdienen und vieles anzuschaffen und sich zu leisten, von dem sie meinen, dass sie es brauchen. Im vergangenen 20. Jahrhundert kann man sogar in zeitlicher Reihenfolge verschiedene Perioden unterscheiden, die sich durch das Streben nach bestimmten Dingen auszeichnen. So gab es zunächst nach den Jahren des Hungers und der Entbehrung die so genannte Esswelle, dann folgten die Kleidungswelle, die Wohnwelle, die Motorisierungswelle, die Reisewelle und schließlich die Luxuswelle. Dabei scheint mir, dass sehr viele Menschen bei dem Nachdenken über das, was sie brauchen oder brauchen könnten, einen verhängnisvollen Fehler begehen. An den Einen nämlich, den sie wirklich dringend brauchen, an Jesus, den Herrn, denken sie nicht oder gehen ihm sogar bewusst aus dem Weg.

Bitte, tu es ihnen nicht nach! Wenn dein Lebensschiff alle Wellen durchfahren möchte und du dich vielleicht sogar nach den berauschenden Wogen des Luxus sehnst, du wirst jämmerlich Schiffbruch leiden und kein Glück finden. Aber gerade echte, bleibende Erfüllung, das ist es, was Jesus Christus dir schenken will. Darum muss er Kapitän und Steuermann in deinem Leben werden. Er ruft dir freundlich zu: „Du bist besorgt und beunruhigt um viele Dinge; eins aber ist Not" (Lukas 10,41). „Komm und folge mir nach!" (Matthäus 19, 21).

Gefährliches Spiel

Herrlich, dieser blaue Himmel und der weiße Sand! Es ist ein stiller, schöner Sonntagnachmittag. Das sonst so wilde Meer vor Borkums Küste liegt ruhig wie im Schlaf. Die Ebbe hat die unruhigen Wogen geglättet und weit zurückgedrängt. Da kommen drei muntere Jungen den Strand entlang. Sie lachen, springen und balgen sich vor Übermut. Nun gehen sie weiter auf das feste, ebene Sandbett zu und stürzen sich auf ein Gebilde, das von weitem wie eine angespülte riesige Schlange aussieht, und machen sich daran zu schaffen. Es ist die schwere, starke Kette, mit der das transatlantische Kabel verankert ist, das hier vor Borkum ins Meer geht. Nur bei extremer Ebbe, wenn die Wassermassen sehr weit zurückweichen, liegt die Kette frei. An den mächtigen, geschmiedeten Kettengliedern hängen brauner Tang und hellgrünes Seegras. Uwe, einer von den dreien, versucht die Kette ein Stück hochzuheben. Es gelingt ihm, und mit angespannten Muskeln hebt er sie einen halben Meter über den Boden. Dann fällt sie klatschend in den nassen Sand zurück. Die beiden andern versuchen dasselbe Spiel. Mit ihren starken Händen und kräftigen Armen und einem tiefen Luftzug schaffen auch sie es schließlich.

Dann kommt ein neues Spiel an die Reihe. Der Fuß wird in ein Kettenglied gesteckt, und nun gilt es, die Kette mit einem Fuß anzuheben. Der Versuch gelingt. Aber wenn sie Fuß und Kette ein wenig vom Boden abheben, sinkt der andere Fuß immer tiefer in den nassen und haltlosen Untergrund. Doch was ist das? Uwe, der Stärkste von ihnen, knickt plötzlich nach hinten um und schlägt hin, dass es nur so platscht. Als er sich mit beiden Händen aufstützen und sich wieder aufzurichten versucht, prusten die beiden andern vor Lachen los und zeigen auf seinen nassen Hosenboden. Aber dann sehen sie auch schon, was eigentlich geschehen ist. Uwes Fuß steckt in einem Glied der Kette fest. Jens und Heiner rufen ihm lachend und scherzend zu: „Jetzt bist du gefangen! Jetzt musst du ertrinken!" Dann machen sie sich daran, ihren Freund zu befreien. Und Uwe selbst zieht und zerrt, so fest er kann, als die beiden nun versuchen, seinen Stiefel zu lösen und auszuziehen. Aber vergeblich, der Fuß ist dick geschwollen. Und schon beginnt es zu dunkeln. Und dann, erst kaum vernehmbar, aber bald immer deutlicher hören sie ein unheimliches Brausen. Das Meer … die Flut kommt! In Todesangst arbeiten, zerren und reißen sie. Schweißtropfen rinnen über ihre heißen, verzweifelten Gesichter. Uwe stöhnt und schreit. Aber unaufhaltsam kehrt das Meer zurück. Bald stehen sie schon bis an die Schenkel im Wasser, und jede Minute und jede neue Woge lässt die drei tiefer versinken. Es gibt keine andere Wahl. Die beiden kämpfen sich mit letzer Anstrengung an Land. Aber über ihrem unglücklichen Kameraden in der Kette schlagen die Wellen und die Nacht zusammen … Aus einem harmlos erscheinenden Spiel wurde bitterer Ernst.

So hängt jeder, der Jesus noch nicht als seinen Herrn und Erretter kennt, auch an einer schweren Kette. An einer Kette, die nicht loslässt, die ihn festhält mit unwiderstehlicher, eiserner Gewalt: die Kette der Sünde und der Schuld. Erst hatte es vielleicht scheinbar harmlos angefangen, aber dann musstest du feststellen: Ich kann nicht mehr los! So wird eines Tages die Flut eines furchtbaren, aber gerechten Gerichts über dir zusammenschlagen. Doch ich habe ein Wort für dich, eine frohe Nachricht. Sie lautet: „Der Herr löst die Gebundenen" (Psalm 146,7). Denn wen der Sohn Gottes freimacht, der ist recht frei (Johannes 8,36). Willst du da noch in Ketten leben?

Lauter anständige Leute

Der Preußenkönig Friedrich II. (1712-1786) wurde schon zu Lebzeiten Friedrich der Große genannt, denn er war wirklich ein großer Staatsmann. Darüber hinaus aber war er auch bei seinem Volk beliebt, das vor allem seine Gerechtigkeit schätzte. In seinen späteren Jahren nannten sie ihn ehrfürchtig einfach den Alten Fritz. Gar manches Mal ging er unter seine Landsleute, um ihre Nöte und Sorgen kennen zu lernen. Und andererseits brauchte sich niemand zu scheuen, seine Anliegen selbst vor den großen König zu bringen.

Einmal besuchte der Alte Fritz ein Gefängnis. Er unterhielt sich mit den Strafgefangenen und erkundigte sich vor allem nach ihren Taten und ihrer richterlichen Beurteilung. Der große König, der in seinem schlichten blauen Rock mit jedem Strafgefangenen persönlich sprach, musste zu seinem Erstaunen feststellen, dass alle Insassen des Gefängnisses unschuldig waren. Der eine sagte, er sei verleumdet worden. Andere wollten einem Irrtum zum Opfer gefallen sein. Weitere stellten sich als Opfer ungerechter Richter hin. Der König hörte jedem gelassen zu. Dann kam er an einen Mann, der den Kopf schwer hängen ließ. Auf die Frage, warum er so bedrückt sei, antwortete dieser: „Majestät, ich bin ein Schuft. Es fing damit an, dass ich die Schule schwänzte. Später habe ich mich vor regelmäßiger Arbeit gedrückt. Das hat meine guten Eltern oft gekränkt. Aber ich war der reinste Liederjan. Durch meine Faulenzerei geriet ich in Schulden. Da habe ich mich dann an fremdem Gut vergangen. Mein Leben ist verpfuscht. Ach, wenn ich doch alles wieder gutmachen könnte!" Der Preußenkönig sagte zu diesem reuigen Sünder: „Er ist hier der einzige Lump unter lauter anständigen Leuten. Scher Er sich fort, damit die andern nicht durch ihn verdorben werden!" Von ihm versprach er sich noch etwas Tüchtiges und den Beginn eines neuen Lebens. Von den andern sagte der Alte Fritz: „Die Burschen können ruhig noch weiterbrummen. Sie kennen keine Scham, haben kein Schuldgefühl, lügen und sind selbstgerecht."

Wie viele Menschen, junge und alte, sind eifrig bemüht, ihren Mitmenschen gegenüber gerecht und lauter zu erscheinen! Und in den Augen der Menschen sind sie es vielleicht sogar. Vor Gott aber gibt es keinen Menschen, der ohne Schuld ist. Sie brauchen gar nicht im Gefängnis zu sitzen oder gar andere umgebracht zu haben. Ihre Selbstgerechtigkeit ist Sünde genug, um nicht in den Himmel zu kommen. Denn der breite Weg, der in die Verdammnis führt, hat auch einen „Bürgersteig". Dieser führt nicht durch tiefen Schmutz, führt aber wie jener ins ewige Verderben. Und wie viele gehen dort, selbstsicher und unbeschwert! Ihre Lebensanschauung geht Null zu Null auf, und sie befinden sich in zahlreicher und bester Gesellschaft. Doch gibt es für solche gar keine Hilfe, es sei denn, die Augen gehen ihnen noch rechtzeitig auf. Denn Jesus Christus spricht: „Denn ich bin nicht gekommen, Gerechte zu rufen, sondern Sünder" (Matthäus 9,13). Und an einer anderen Stelle sagt er: „Nicht die Gesunden brauchen einen Arzt, sondern die Kranken" (Lukas 5,31).

Wenn du ehrlich bist, dann wirst du zugeben, dass auch bei dir nicht alles in Ordnung ist. Versteck dich nicht hinter Ausreden und einem Mäntelchen der Scheinheiligkeit. Bekenne dem größten König deine Schuld. Verschweige deine Herzensnot und dein Versagen nicht. Damit machst du den Anfang, dass er dir helfen kann.

Bitte einordnen!

Wir waren mit dem Auto in Holland. Zum erstenmal. Wir freuten uns an den schmucken Häusern, den gepflegten Gärten, den Kanälen, Deichen und Windmühlen. Alles so schnurgerade, blitzblank und farbenfroh – wie in einem Bilderbuch. Da plötzlich sahen wir auf der schwarzen Asphaltdecke der Schnellstraße mit großen, weißen Buchstaben einen Hinweis für Autofahrer. „Vorsortieren", so stand da zu lesen. Ja, ganz groß und unübersehbar das eine Wort „Vorsortieren".

Wir mussten lachen, laut lachen. So ungewöhnlich kam uns dieses Wort vor. Aber doch war uns sofort klar, was mit dem holländischen Wort „Vorsortieren" gemeint war. Es bedeutete: Aufpassen! Jetzt kommt eine entscheidende Kreuzung! Bitte einordnen!

Auch hier bei uns können wir vor wichtigen Straßenkreuzungen oft dieses Schild lesen: „Bitte einordnen!", Und auf der Fahrbahn sind dann die möglichen Richtungen durch große, weiße Pfeile angezeigt. Wehe dem Autofahrer, der es versäumt, sich rechtzeitig einzuordnen. Er wird mit dem Fahrzeugstrom unweigerlich in eine völlig falsche Richtung geführt.

„Bitte einordnen!", ruft dir gleichsam auch Gottes Wort zu. Du näherst dich nämlich der großen Kreuzung. Die Gnadenzeit geht zu Ende. Wohin willst du? Willst du links abbiegen oder rechts? Wenn du dich nicht rechtzeitig einordnest, dann hast du keine Möglichkeit mehr, deine Richtung zu ändern. Und beachte: Das Einordnen muss frühzeitig erfolgen. Die Jugendzeit ist gerade die richtige Zeit. Später ist es viel schwieriger, von der falschen Fahrbahn wegzukommen.

Und die große Kreuzung kommt. Wie bald schon, weißt du nicht. Deshalb ist die Sache mit dem Einordnen so ernst und dringend. Jeder Aufschub ist gefährlich. Gottes Wort sagt unmissverständlich: „Die Zeit ist nahe" (Offenbarung 1,3). Heute ergeht noch der Ruf an dich: Bitte einordnen! Heute ist noch Zeit zur Buße und Bekehrung. Und heute noch ist die Einladung Jesu Christi gültig: „Wer zu mir kommt, den werde ich nicht hinausstoßen" (Johannes 6,37).

Auf dem Schafott

Steht in deinem Englischbuch auch die bekannte Geschichte von Sir Walter Raleigh und seinem übereifrigen Diener? Dieser Sir Walter Raleigh (1552-1618) war einer von Englands berühmten Admiralen und Entdeckungsreisenden. Königin Elisabeth I. schätzte diesen tapferen und aufrechten Mann sehr. Für sie fuhr er oft über den Ozean nach Amerika. Von einer dieser Reisen brachte er unter anderem auch Tabakkraut mit, das er die Indianer hatte rauchen sehen. Auch eine echte Indianerpfeife nannte er sein Eigen. Zwar hatte bereits Kolumbus den Tabak nach Europa gebracht, aber das Rauchen war in Europa weithin noch unbekannt.

Eines Tages sitzt er in seinem Studierzimmer und raucht Pfeife. Er ist in eine dichte Qualmwolke gehüllt. Da kommt sein Diener herein. Der traut seinen Augen nicht, als er sieht, dass dicker Qualm aus seines Herrn Mund und Nase kommt. Starr vor Schreck bleibt er stehen. Dann eilt er hastig zurück. Schnell kommt er mit einem Eimer voll Wasser wieder, und ehe noch Raleigh seinem Diener ein Wort der Erklärung sagen kann, schüttet dieser seinem Herrn das kalte Nass mit vollem Schwung ins Gesicht. Der Diener glaubte, eine gute Tat getan zu haben; denn er meinte, hier gäbe es etwas zu löschen. Und wenn Sir Walter Raleigh über die unerwartete Dusche auch nicht gerade erfreut war, so musste er hinterher doch herzhaft lachen.

Aber nicht alles aus dem Leben dieses großen Mannes ist so bekannt wie diese heitere Begebenheit. Weniger bekannt ist zum Beispiel, dass ihm große Ungerechtigkeit widerfuhr und er schließlich auf dem Schafott sterben musste. Als nämlich Königin Elisabeth I. im Jahre 1603 starb, folgte ihr James I., der Sohn der Maria Stuart, auf den Thron. Raleigh fiel in Ungnade und wurde wegen angeblichen Hochverrats zum Tod verurteilt. Das Urteil wurde aber aufgeschoben. Quälende dreizehn Jahre lang hielt man ihn im Tower von London, dem damaligen Staatsgefängnis, gefangen. Endlich ließ man ihn frei, weil man ihn für eine neue wagemutige Unternehmung nach Guayana brauchte. Als diese ohne seine Schuld erfolglos verlief, ließ der König den tapferen Seefahrer endgültig fallen. Das nun bereits seit fünfzehn Jahren bestehende Todesurteil sollte vollstreckt werden. Dabei war dieser Raleigh einer der besten und edelsten Söhne seines Volkes. Er war ein hoch begabter Mann, der auch schriftstellerisch eifrig tätig war. So verfasste er eine Weltgeschichte in fünf Bänden und zahlreiche wissenschaftliche Schriften.

Aber er war nicht nur Gelehrter, er war ein ganzer Mann aus echtem Schrot und Korn, tapfer und wagemutig wie kaum ein anderer. Doch vor allem war er Christ. In allen Umständen seines Lebens hatte er die Gnade und Treue seines Gottes erfahren. Und er genoss diesen Frieden mit Gott, weil er sich in den Händen und am Herzen Jesu geborgen fühlte. Dann kam sein schwerer, sein letzter Tag auf dieser Erde. Am 29. Oktober 1618 musste er in London das Schafott besteigen. Er bestieg das Blutgerüst wie ein Held. Als er seinen Kopf auf den Block gelegt hatte, fragte ihn der Scharfrichter, ob er so gut liege. Da antwortete ihm Raleigh: „Es ist einerlei, mein Freund, wie der Kopf liegt, da es mit meiner Seele gut steht." Herrliches Zeugnis eines unschuldig Verurteilten!

Und wie steht es mit deiner Seele? Halte ein und überlege! Denke einmal nach über das Wort, das in Matthäus 10,28 steht: „Und fürchtet euch nicht vor denen, die den Leib töten, aber die Seele nicht zu töten vermögen; fürchtet aber vielmehr den, der sowohl Seele als Leib zu verderben vermag in der Hölle."

Fünfundzwanzig Millionäre an Bord

Der Vorstoß des Menschen ins Weltall hält uns alle in Atem. Unter den führenden Weltmächten findet ein spannender Wettkampf der Wissenschaftler, Astronauten und Raketen statt. Welche Nation wird am erfolgreichsten sein und am weitesten ins All vordringen? Diese Frage beherrscht Millionen Menschen.

Auch in der Vergangenheit gab es Ereignisse, die ganze Völker mit Spannung verfolgten. Wer wird den Wettlauf im ewigen Eis gewinnen und als erster Mensch den Südpol erreichen? Wird es der Engländer Scott oder der norwegische Forscher Amundsen sein? Und es wird in der Tat ein erregender Kampf, bis Scott am 18. Januar des Jahres 1912 nach fast übermenschlichen Anstrengungen den Südpol erreicht, aber dort zu seiner Enttäuschung die norwegische Flagge bereits wehen sieht. Der Südpol, noch von keinem Menschenauge geschaut und noch nie von einem Fuß betreten, wird innerhalb kurzer Zeit zweimal erobert. Amundsen mit seinen sibirischen Schlittenhunden hatte ihn bereits am 17. Dezember 1911 erreicht und das Zeichen des Sieges gehisst. Entmutigt kehren Scott und seine Männer zurück. Durch Entbehrung und Kummer geschwächt, sind sie auf dem Rückweg im ewigen Eis erfroren, wo man sie und ihre wertvollen Tagebücher Monate später findet.

England bangt noch um seine verschollenen Helden, als ein neues Ereignis die Gemüter bewegt. Im Frühjahr 1912 wird ein riesiger Luxusdampfer vom Stapel laufen, der für England das „Blaue Band" des Ozeans erobern soll, jene höchste und begehrte Auszeichnung für die schnellste Dampferfahrt über den Atlantik. Und alle hoffen, ja erwarten das eine: Die „Titanic", das größte, schnellste, sicherste und schönste Schiff der Welt, wird die der anderen Nationen weit in den Schatten stellen.

Alle wollen dabei sein, wenn dieses Riesenschiff das „Blaue Band" für England zurückholt, wollen miterleben, wenn dieser Koloss auf seiner Jungfernfahrt den Atlantik in Rekordzeit durchquert. Aber es fehlt auch nicht am Hochmut, ja am Übermut der Veranstalter der Fahrt und der Fahrgäste, die sich für viel Geld eine Schiffskarte ergattern konnten. „No God" – wir brauchen keinen Gott – so steht es zu lesen, von lästerlicher Hand mit großen Buchstaben an den Rumpf des Ozeanriesen geschrieben. An Bord soll ein Vergnügen das andere ablösen. 2224 Menschen befinden sich auf dem Schiff, darunter fünfundzwanzig Millionäre. Alle sind in erwartungsvoller Stimmung, tanzen und amüsieren sich.

In der Nacht zum 15. April 1912 kommt der Luxusdampfer in die Gewässer bei Neufundland. Hier muss man im Frühjahr mit treibenden Eisbergen rechnen. Ein anderer Dampfer in der Nähe warnt die „Titanic" und funkt unablässig „Eisberggefahr! Langsam! Langsam!" Aber mit rasender Fahrt geht es weiter. Der Sieg soll um jeden Preis errungen werden. In jener Nacht ist allerhand los auf dem Schiff. Ein rauschendes Fest findet statt. Die Kapelle spielt pausenlos.

Plötzlich geht eine gewaltige Erschütterung durch den Riesenleib des Schiffes. Es wankt, die Tanzenden werden bleich. Erst ist es ein Fragen, dann ein Ahnen und bald schauerliche Gewissheit: Die „Titanic" hat mit Rekordgeschwindigkeit einen Eisberg gerammt. Genau an der Stelle, wo man die Worte „No God" angeschrieben hat, ist die Schiffswand vom Eis durchschnitten. Die Wassermassen ergießen sich ins Schiff. Eine Panik bricht aus. Der Kapitän befiehlt, Ruhe zu bewahren und in die Rettungsboote zu steigen. Aber wer kann schon Ruhe bewahren, wenn er feststellen muss, dass die mitgeführten Rettungsboote nur für einen Bruchteil der Passagiere ausreichen? Und so beginnt ein erbitterter Kampf aller gegen alle um einen Platz im Rettungsboot. Pausenlos funkt die „Titanic" nun SOS ... SOS ...

Aber das einzige Schiff in der Nähe, das mehrmals vor der Eisberggefahr gewarnt hatte, gibt keine Antwort. Nur Schweigen, trostloses Schweigen. Der Funker dieses Schiffes hat sich zur Ruhe gelegt, weil er von der „Titanic" keine Antwort erhielt. Da auf einmal: Lichter! Lichter! Ein anderes Schiff kommt in Sichtweite. Die Hilfe, die Rettung ist da! Sofort werden von der „Titanic" Raketensignale in die Luft geschossen. Aber erst jetzt merkt man, dass nur weiße Leuchtraketen an Bord sind, die man als Begrüßungszeichen für andere Schiffe und für die Ankunft im Hafen verwendet. Rote Leuchtraketen für Notsignale sind nicht vorhanden. Man ist zu stolz gewesen, sie auf die Rekordfahrt mitzunehmen. So ahnt man in der finsteren Nacht auf dem anderen Schiff nichts von dem Todeskampf des Riesen. Es grüßt mit weißen Signalen zurück – und fährt vorbei.

Nun sind die Minuten der „Titanic" gezählt. Mächtig strömt das Wasser durch das klaffende Loch im Bug. Von Todesangst gejagt, springen viele einfach hinunter ins Wasser. Und dann plötzlich jagt das stolze Schiff mit Macht in die Tiefe. Die hilflos im Wasser Treibenden werden in einem riesigen Wirbel mit nach unten gerissen. 1563 Menschen ertrinken in den eiskalten Fluten des Atlantik. Ein schrecklicher Rekord!

Du und ich, wir alle befinden uns auf einer atemberaubenden Fahrt. Ich meine die Fahrt durch das wildbewegte Meer dieses Lebens. Da kommt es auf den richtigen Stapellauf an. Steht am Bug deines Schiffes: „Mit Gott" oder steht dort: „No God"? Vielleicht steht es dort nicht so riesengroß, nur ganz klein und kaum lesbar oder in einer Geheimschrift, die niemand lesen soll. Aber denke daran, dass es dann ein Fehlstart ist, der ins Unglück führt. Gott befiehlt dir in seinem Wort unmissverständlich: „Gib mir, mein Sohn, dein Herz!" (Sprüche 23,26.) Das allein ist der richtige Start. Alle, die nicht gehorchen, warnt Gottes Wort mit großem Ernst: „Irrt euch nicht! Gott lässt sich nicht spotten; denn was irgend ein Mensch sät, das wird er ernten." (Galater 6,7). Und wenn du merkst, dass du dich auf falschem Kurs bewegst, dann hilft nur ein entschiedener und völliger Kurswechsel. Sonst jagst du früher oder später ins Verderben. Hast du auch den Funker schon gehört, wie er ständig warnt und warnt und dich zur Besinnung bringen will? Höre auf ihn, schalte dein Gewissen nicht ab! Sonst hörst du seine Rettung bringenden Signale bald nicht mehr.

Der Marathonlauf

Im Jahr 490 v. Chr. geschieht es: Sechshundert Segel der neuen persischen Flotte gleiten übers Meer nach Westen. Angst und Grauen fliegen vor ihnen her. Denn Darius, der mächtige Perserkönig, hat seine besten Krieger geschickt, um die Griechen zu Boden zu zwingen. An der Ostküste der Halbinsel Attika, in der Ebene von Marathon, gehen sie an Land. Siegesgewiss haben sie schon die Ketten mitgebracht, in denen die Athener als Sklaven nach Osten geführt werden sollen. Aber bald sind auch die Griechen zur Stelle. In großer Eile führt ihr tapferer Feldherr Miltiades zehntausend schwer bewaffnete Soldaten der vielfachen Übermacht der Perser entgegen. In einem kühnen Handstreich stürmen die Griechen gegen den Feind und durchlaufen rasch den vernichtenden Pfeilhagel der Gegner. Dann wüten sie furchtbar in den Reihen der ungepanzerten persischen Bogenschützen. Nach zähem Ringen fällt die Entscheidung. Trotz hartnäckiger Gegenwehr können sich die Eindringlinge nur mit knapper Not auf ihre Schiffe retten. Bei Sonnenuntergang verlassen sie gedemütigt und blutend die attische Küste.

Die Griechen jubeln. Zum ersten Mal ist ein persisches Heer geschlagen worden. Und nun jagt im letzten Abendrot ein Läufer mit fliegendem Atem durch die Weingärten und Olivenhaine über vierzig Kilometer weit nach Athen. „Sieg! Sieg!", keucht er mit letzter Kraft, dann bricht er auf dem Marktplatz von Athen tot zusammen.

Fast zweieinhalb Jahrtausende später: Olympiade, Tokio 1964. Wenn es im Sport noch Wunder gibt, dann hat sich am Schlusstag der Leichtathletik auf der 42,196 Kilometer langen Marathonstrecke in der stickigrauchigen Luft dieser Weltstadt ein solches zugetragen.

Der Schuss aus der Startpistole knallt. Fast lässig setzen sich die Marathonläufer in Bewegung, die wirklichen Helden der olympischen Disziplinen. Bei einer Strecke von über zweiundvierzig Kilometern, die der Entfernung zwischen dem griechischen Ort Marathon und Athen entspricht, müssen die Kräfte genau eingeteilt werden. Noch ist er einer unter vielen – der Läufer in der letzten Reihe ganz rechts mit der Nummer 17: Abebe Bikila. Aber es soll *sein* Rennen werden, ein Wettlauf, den allein er souverän beherrscht. Zwei Millionen Japaner stehen an der Strecke und jubeln dem siebenundzwanzigjährigen Feldwebel der kaiserlichen Palastwache aus Addis Abeba zu. Bereits 1960 in Rom hatte er für Äthiopien die Goldmedaille errungen, und was keiner für möglich hält, soll auch jetzt wieder gelingen: Marathon-Gold für Äthiopien! Mit einem Vorsprung von über einem Kilometer siegt dieser zähe, drahtig-schlanke Sportler in einer Zeit, die bisher auf der Marathonstrecke für unmöglich gehalten wurde.

Werfen wir einen kurzen Blick auf die ehemaligen und auch auf die späteren Rekordhalter dieser Strecke. Der Marathon-Olympiasieger von 1932 in Los Angeles, der berühmte Argentinier Zabala, der damals für diesen Lauf mit 2 Stunden, 31 Minuten, 36 Sekunden den olympischen Rekord errang, wollte 1936 in Berlin aufs Neue die Goldmedaille holen und brach bei Kilometer 22 zusammen. Und auch die „tschechische Lokomotive" Emil Zatopek, der 1952 in Helsinki gleich drei Goldmedaillen gewann, nämlich für 5.000 Meter, 10.000 Meter und im Marathonlauf, scheiterte 1956 in Melbourne bei seinem zweiten Anlauf auf Gold im Marathonlauf. Bei den Olympiaden in Atlanta 1996 und in Sidney 2000 war in fast allen Disziplinen der Trainingsfortschritt spürbar. Denn immerhin waren seit Tokio über 30 Jahre vergangen. Eine neue Läufer-Generation ging in die Startlöcher. In Atlanta holte der nur 1,58 Meter große und 45 Kilogramm schwere Läufer Josia Tugwane die erste Goldmedaillle für Südafrika, und zwar in der fantastischen Zeit von 2 Stunden, 12 Minuten und 36 Sekunden. Aber mit diesem Traumergebnis lag er noch knapp hinter Abebe Bikila – dem König unter den einsamen Helden der Straße. Bikila, der damals in Rom, den sprudelnden Geldquellen westlicher Ausrüster zum Trotz, barfüßig olympisches Gold holte.

Nun zurück nach Tokio:

Emil Zatopek ist dabei, als Bikila läuft, ebenso Jesse Owens, das „schwarze Wunder" und vierfacher Goldmedaillengewinner von 1936. Zwar schon ein gesetzter Herr, hat auch er es sich nicht nehmen lassen, den großen Lauf selbst mitzuerleben. Sogar ihnen, den Fachleuten verschlägt es den Atem, als sich der tiefdunkelbraune Abebe Bikila nach etwa fünfzehn Kilometern von dem großartigen Australier Ron Clarke löst und ein märchenhaft anmutendes Tempo anschlägt.

Nach genau einer Stunde und achtundfünfzig Sekunden passiert er die 20-Kilometer-Marke. Und weiter geht es über die ungünstige Strecke. Bei Kilometer 35 trinkt er einen Schluck Tee aus einem Pappbecher, ohne aus seinem Laufrhythmus zu geraten. Und bald ist das Stadion in Sicht. Unter unbeschreiblichem Jubel, frisch und locker wirkend, läuft er zur letzten Runde ins Stadion ein. Hätte man nicht gewusst, dass der tapfere Läufer über vierzig Kilometer hinter sich hatte, man könnte meinen, er sei nur eben einmal ums Stadion gelaufen, um durchs Marathontor wieder hereinzukommen. Die Ziellinie ist erreicht. Die Zeittafel zeigt 2 Stunden, 12 Minuten und 11,2 Sekunden an. Zatopek ruft aus: „Wer auf diesem Asphalt mit den endlos langen Steigungen diese Zeit läuft, der ist nicht mehr großartig zu nennen, der ist kein Phänomen mehr, der ist etwas Unbeschreibliches!" Selbst die beachtlichen Leistungen der nächsten Läufer müssen hinter einer solchen Zeit verblassen. Und während die andern völlig erschöpft von Helfern gestützt und betreut werden, schüttelt Bikila mit einigen gymnastischen Übungen die unerhörten Strapazen von sich ab. Seine schwarzen Augen strahlen. Der ersehnte Kampfpreis ist errungen.

Auch in Gottes Wort ist mehrfach vom Laufen die Rede, auch von der Rennbahn, vom Wettlauf und von dem Kampfpreis. Jesus Christus selbst und die Apostel haben ja immer wieder in bildhafter Sprache geredet, die jedermann verstehen kann. Auch dein Leben ist einem Lauf vergleichbar. Ob es ein kurzes oder ein langes Leben wird, gleichsam ein Kurzstreckenlauf oder ein Marathonlauf, zuallererst kommt es auf den richtigen Start und das richtige Ziel an. Unzählige laufen auf der ausgetretenen, abschüssigen Bahn des weltlichen Vergnügens und der Ichsucht. Solcher Lauf führt in ein sicheres, ewiges Verderben. Am Anfang dieses Weges steht betrügerischer Glanz, am Ende die Nacht. Und das manchmal ganz plötzlich. Schon ein Hiob musste ausrufen: „Meine Tage sind schneller gewesen denn ein Läufer" (Hiob 9,25). Möchtest du doch für die dir zur Verfügung stehende Zeit zu Gottes Ehre leben!

Jesus, der Herr, ruft dich, um dich auf einen neuen Weg zu führen. Hier laufen nur ganze Kerle. Darum tritt ein in die Kampfbahn des Glaubens! Und alles, was deinen Lauf hindert, Sünden und Schuld, will er dir vorher abnehmen. Irgendwelcher Ballast und unnützer Aufenthalt sind Bremsklötze für einen Läufer in der Rennbahn. „Kämpfe den guten Kampf des Glaubens!" (1. Timotheus 6,12). Viel wahrhafte Helden haben auf dieser Kampfbahn schon unvergänglichen Lohn empfangen. „Deshalb nun, da wir eine so große Wolke von Zeugen um uns haben, lasst auch uns, indem wir jede Bürde und die leicht umstrickende Sünde ablegen, mit Ausharren laufen den vor uns liegenden Wettlauf, hinschauend auf Jesus, den Anfänger und Vollender des Glaubens." (Hebräer 12,1.2)

**Vergesset was dahinten liegt
und euren Weg beschwert;
was ständig euer Herz vergnügt,
ist wohl des Opfers wert.**

**So steigt ihr frei mit ihm hinan
zu lichten Himmelshöhn.
Er uns vorauf, er bricht die Bahn;
wer wird ihm widerstehn?**

**Und was euch noch gefangen hält,
o werft es von euch ab!
Begraben sei die ganze Welt
für euch in Christi Grab!**

**Drum aufwärts froh den Blick gewandt
und vorwärts fest den Schritt!
Wir gehn an unsers Meisters Hand,
und unser Herr geht mit.**

Was ist Dialektik?

Die Genossenschaftsbauern kommen zum Bürgermeister und fragen ihn: „Genosse Bürgermeister, sage uns: Was versteht man unter Dialektik?" Der Bürgermeister sagt: „Liebe Genossen, ich kann euch das nicht so einfach erklären. Ich will euch aber ein Beispiel erzählen. Also, stellt euch vor, da kommen zwei Genossen zu mir. Der eine ist sauber, und der andere ist schmutzig. Ich biete ihnen ein Bad an. Wer von beiden wird wohl das Bad annehmen?"

„Der Schmutzige", sagen die Bauern.

„Nein, der Reine", antwortet der Bürgermeister, „denn der Reine ist gewohnt zu baden; der Schmutzige legt keinen Wert auf ein Bad. Wer von ihnen wird also das Bad annehmen?"

„Der Reine", antworten die Bauern.

„Nein, der Schmutzige, denn er hat ja ein Bad nötig", sagt der Bürgermeister, „also, wer nimmt das Bad an?"

„Der Schmutzige", rufen die Bauern.

„Nein, beide", sagt darauf der Bürgermeister, „der Reine ist gewohnt zu baden, und der Schmutzige bedarf eines Bades. Also wer nimmt das Bad an?"

„Beide", sagen die Bauern verdutzt.

„Nein, keiner von beiden", sagt der Bürgermeister, „denn der Schmutzige ist nicht gewohnt zu baden, und der Reine hat kein Bad nötig."

„Ja, aber Genosse Bürgermeister", begehren die Bauern auf, „wie sollen wir dies verstehen? Jedesmal sagst du etwas anderes und jedes Mal nur das, was gerade in deinen Kram hineinpasst."

„Da seht ihr's. Dies ist eben Dialektik", sagt lächelnd der Bürgermeister.

Es ist zum Lachen, wenn es nicht so ernst wäre. Denn bist du nicht auch solch ein Dialektiker? Du weißt, dass du Böses getan hast. Eine Stimme in deinem Innern sagt dir das auch klipp und klar.

Aber sofort ist auch eine andere Stimme da, die dialektische Stimme, der Anwalt des Bösen. Du weißt, was sie mit Vorliebe sagt: „Es ist ja nicht so schlimm. Wer wird es denn so genau nehmen? Tun es die andern nicht auch? Es hat ja niemand gesehen. Ich konnte doch nicht anders. Einmal ist keinmal." So oder ähnlich lässt sich diese Stimme hören. Sie versucht das, was wirklich geschehen ist, zu verharmlosen, zu verdrehen, anders darzustellen. Diese satanische Stimme will stets dem aufwachenden Gewissen widersprechen.

Der Teufel ist ja der große Widersacher, der eifrige Verdreher der Wahrheit. Das griechische Wort für Teufel heißt „diabolos", wörtlich übersetzt: der

Durcheinanderwerfer. So versucht er Tag für Tag in deinem Gewissen alles durcheinanderzubringen. Er setzt alles daran, dich davon abzuhalten, die Bibel zu lesen. Dort allein findest du ja den unumstößlichen Maßstab für Gut und Böse.

„Denn das Wort Gottes ist lebendig und wirksam und schärfer als jedes zweischneidige Schwert … und ein Beurteiler der Gedanken und Überlegungen des Herzens" (Hebräer 4,12). Dieses wunderbare Wort will dich vor allem zu dem Einen hinführen: zu Jesus, dem Herrn und Erretter, der darauf wartet, dass du jetzt zu ihm kommst. Dabei ist dieses Jetzt so wichtig für dich. Aber da ist die böse Stimme sogleich wieder zur Stelle und sagt: „Nur langsam, das hat noch Zeit!" Aber denke daran, dass nichts verborgen ist, was nicht offenbar werden wird (Matthäus 10,26) vor dem, dessen Augen sind wie eine Feuerflamme (Offenbarung 19,12). Jesus lädt dich heute ein; weise ihn nicht ab!

Die Brücke am Tay

Bei Dundee vor der schottischen Küste heult der Sturm. Dort, wo der River Tay sonst so friedlich wie auf einer Ansichtskartenlandschaft in einer breiten, malerischen Bucht in die Nordsee fließt, ist alles wie verwandelt. Die Flut läuft hoch und steil. Tief in die See wühlt der Nordost. Die Wellen gehen beängstigend hoch. Brüllende, schäumende Köpfe setzt der Sturm ihnen auf, peitscht sie mit unerhörter Kraft auseinander und vermischt sie mit den tiefjagenden Regenschauern. Zwischen die beiden Küsten des Meeresarmes hat die Nordsee, die Mordsee, einen Todesgürtel der wilden Brandung gelegt. Hinter ihren unsteten Mauern von Schaum und Gischt ist das gegenüberliegende Ufer nur zu ahnen. Nur dann und wann durch die dahinrasenden Wolkenfetzen erhellt ein aufzuckender Blitz die jenseitige Küste. Kaum eine Sekunde lang. Dann ist wieder unheimliche Nacht.

Manchmal taucht im grellen Aufflammen des Blitzes auch einer der fünfundachtzig weitgespannten Bogen der riesigen Eisenbahnbrücke auf, die die hier über dreitausend Meter breite Bucht überspannt. Dumpf dröhnen die schweren Brecher gegen ihre Pfeiler und Eisenplatten. Und wieder zeigt ein jäher Blitz, der für einen Augenblick die blauschwarze Wolkenbank zerteilt, wie heftig diese Brücke schwankt. Da dringt durch den heulenden Orkan ein fremder, schriller Ton: Die Lokomotive des Schnellzugs aus London schnauft und stampft und pfeift. Aber vor der Brücke hält der Zug an.

Der Lokomotivführer ist im Zweifel. Kann er es wagen hinüberzufahren? Eine Weile zögert er. Doch dann setzt sich der Express mit einem erneuten schrillen Pfeifen, das sich schauerlich mit dem Tosen der Brandung und dem grollenden Donner vermischt, in Bewegung. Der Zugführer hofft, dass die Brücke fest genug ist, den Sturm auszuhalten. Langsam rollen die Räder über die bebenden Schienen. Die Mitte der

Brücke ist schon erreicht. Da – ein ohrenbetäubendes Krachen! Gellende Angstschreie verhallen im Tosen der entfesselten Elemente. Und in Sekundenschnelle reißt die Gewalt des Orkans die Brücke mitsamt dem Zug in den schauerlichen Abgrund.

Vielleicht hast du von diesem Unglück schon gehört. Es ereignete sich vor langer Zeit, und zwar in der Nacht vom 28. zum 29. Dezember 1879. Diese traurige Begebenheit, die damals alle sehr erschütterte, hat dem Dichter Theodor Fontane (1819-1898) den Stoff zu einer seiner ergreifendsten Balladen geliefert.

Alle, die in diesem Zug waren, hatten gehofft, die Brücke wäre sicher. Sie hatten sich getäuscht. Sie kamen alle um, sowohl der Lokomotivführer als auch die, die sich ihm anvertraut hatten. Was half es ihnen, dass sie *gehofft* hatten, sie würden ungefährdet über die Brücke kommen?

Gar manche Reisende, die nach dem himmlischen Ziel fahren wollen, vertrauen sich einem Zugführer an, der sie auf solch eine unsichere Brücke führt. Sie sagen: „Ich habe ja in jenem Buch gelesen oder von jenem Redner gehört, man könne sich darauf verlassen, dass ‚der liebe Gott' uns dennoch annehmen würde, wenn wir nicht gerade allzu böse wären, wenn wir nur ‚immer strebend uns bemühten'. Gott ist ja die Liebe, und Sünder sind wir doch alle. Ich war ja immer religiös und bin auch getauft. Ich hoffe doch ..."

Viele, viele sind mit dieser Brücke „Ich hoffe doch" in die Tiefe gestürzt, anstatt ins Himmelreich zu gelangen. Dorthin führt nur *eine* Brücke, nur ein einziger Weg, den Gott selbst vorgeschrieben hat und von dem Jesus, der Herr, sagt: „Ich bin der Weg und die Wahrheit und das Leben. Niemand kommt zum Vater als nur durch mich" (Johannes 14,6).

Werbung

Wie sagtest du: „Schaumgebremst"? Nicht übel! Wörter wie schaumgebremst, atmungsaktiv, körperfrisch, gaumengerecht und hautsympathisch führen unmittelbar ins munter blühende Werbe-Deutsch, in die Büros und Ateliers der wortschöpferischen Werbemenschen. Dort trifft sie nicht zu, die bewegte Klage weltfremder Sprachwissenschaftler, die da bejammern, dass unsere Sprache verflache, verarme, saft-, kraft- und blutleer werde. Die Werbetexter sind wacker am Werk. Sie sind rastlos tätig, neue vokale Impulse zu geben. Mit sicherem Gespür werden sie auch den verborgensten Verästelungen des Gemüts gerecht. Sie wissen, was in der Luft liegt. Ja, mehr: Sie bestimmen, was in der Luft liegen soll, und das im wörtlichen Sinn: auf allen Kanälen und Frequenzen.

Nun denn, verehrter Konsument, durchforsche dein Gedächtnis! Welche werbenden Wörter sind es, die man dir je nach Temperament des Werbetexters ins Ohr brüllt oder sanft hineinhaucht? Und welches verdient den ersten Preis? „Neu", sagst du, oder „super, plus, extra, doppelt"? Zweifellos, du bist auf der richtigen Fährte. Das sind inhaltsschwere Werbewörter. Und „weiß" sagtest du? Einfach „weiß"? So einfach mache es dir nicht! Du musst „weiß" in seinen verschiedensten Schattierungen textkritisch durchleuchten! Stellen wir uns die Frage: Wussten wir früher überhaupt, was sich dem schlichten Wörtchen „weiß" abgewinnen lässt? Beschämt müssen wir gestehen: Nein! Wir wussten es nicht. Erst jetzt wird uns klar, wie weiß *Weiß* sein kann. Lange zurück liegen die romantischen Zeiten von „blütenweiß" und „schwanenweiß".

Endlich kennen wir ein weißeres *Weiß*. Wie meintest du: das weißeste *Weiß*, das es je gab? Nicht doch! Das gab es schon voriges Jahr. Den weißen Wirbelwind? Ja, den auch. Aber denk doch einmal an das Super-Top-Extra-*Weiß*! So weiß, weißer geht's nicht mehr. Sehr richtig! Aber es muss ja weiter gehen, und es muss auch weißer gehen. Also zwingen die Leute von der Konkurrenz Grau raus und *Weiß* rein, Sauerstoff rein und Schmutz raus. Nach dem Motto: Wie Sonne und Wind! Endlich keine eingesperrte graue Muffelwäsche mehr aus dem elektronisch gesteuerten, Raum sparenden, geräuscharmen Tumbler mit dem Schoneffekt in Kompaktbauweise. Endlich leinenbrisen-frühlingsfrische *Weiß*-Wäsche mit dem Ozongehalt finnischer Wälder in jeder Falte. O wie dieses Frisch-Wald-*Weiß* duftet! Aber auf welch steile *Weiß*-Höhen wird man uns noch führen!

Ahnungsvoll sehe ich das *Weiß* mit dem Gletschereffekt am Horizont heraufdämmern oder das Oberhemd mit der permanenten Firnweiße, nur mit Schneebrille zu tragen. Etwas für knallharte Männer.

Aber es geht doch nicht nur um *Weiß*. Denk dran: Auch dein Wellensittich will trillern! Und deine süße Katze? Ihr wohliges Schnurren kannst du glatt vergessen, wenn du ihr nicht die passende Dosennahrung vorsetzt. Mit Huhn und Gänseleber und vom Veterinär-Kochstudio empfohlen. Natürlich mit Vitaminen und Spurenelementen. Also, quäle nie ein Tier zum Scherz.

Und was würde gar deinen Zähnen zustoßen ohne die tägliche Putzimpfung mit dem neuen Wirkstoff K-Sechshundertfünf? Oder willst du dich als körperbewusste Persönlichkeit gar dem Geruch des Geruchs aussetzen und den Makel des nicht Duftduschengepflegten auf dich nehmen? Nein, dann lieber schon ein Strich und körperfrisch! Zwar alles mäßig, aber regelmäßig! Denn nie ging's uns so gut wie heute, Leute. Und nie war die Werbung so rasant, so energiegeladen und voll drive. Jetzt wissen wir endlich, welcher Kaffee die Krönung ist. Und Werther's Echte haben wir auch immer dabei. Wenn das keine power gibt!

Du lächelst? Ich auch. Aber weißt du, wenn ich an all den Werberummel denke, der uns Tag für Tag gewollt oder ungewollt berieselt, dann möchte ich jedem Werbemanager zurufen: Mach mal Pause! Womit ich schon wieder einen Werbeslogan benutzt hätte. Denn die freie Zeit, die dem gehetzten Menschen von heute zur Verfügung steht, ist zu einem Tummelplatz der Werbung geworden. Oder müsste man nicht besser sagen: zu einem endlosen Karussell der Verführung? Alle optischen und akustischen Reize werden aufgeboten, um uns nicht zur Ruhe, zur Besinnung, zur Einkehr kommen zu lassen. Um uns abzulenken, scheut man keine Geldmittel. Für TV-Werbung werden Unsummen ausgegeben! Wie viele Kinder in Afrika und anderswo könnten mit dem Betrag, der für 30 Fernsehsekunden hingeblättert werden muss, vor dem Hungertod bewahrt werden!

Und dir ganz persönlich möchte ich auch den gut gemeinten Rat geben: Mach mal Pause mit all den vielen Ablenkungen! Komm einmal zur Besinnung! Wie wäre es, wenn du heute Abend einmal nicht auf den Knopf drücken und alles durchzappen würdest, um dich berieseln zu lassen, vielleicht könntest du stattdessen ein gutes Buch lesen?

Und wie wäre es, wenn du dir einmal das Buch der Bücher, die Bibel, vornähmst, um darin zu lesen und daraus zu lernen? Große Überraschungen sind für dich darin. Sie sieht zwar von außen nicht so attraktiv aus, sogar recht schlicht und einfach. Aber die Bibel enthält reines Gold, unermessliche Schätze. Jede Minute, die du mit dem Wort Gottes verbringst, ist nicht vergeudet.

Und Gott kann und will dir sein Wort immer mehr aufschließen und wertvoll machen. Bete mit dem König David: „Öffne meine Augen, dass sie Wunder schauen in deinem Gesetz!" (Psalm 119,18.) Dann wirst du auf einmal erkennen, dass in diesem Buch um *dich geworben* wird, ehrlich und mit den allerbesten Absichten. Und das ist ganz kurz zusammengefasst der Inhalt seiner Botschaft:

1. *Du bist nicht gut*, sondern du hast viel kaputt gemacht. Mist gebaut. Du bist auf dem falschen Dampfer. Und deshalb muss Gott dich verurteilen. Denn Er ist gerecht und lässt nicht fünf gerade sein. Die Bibel nennt das schlicht und einfach sündig. (Römer 3,10-12; Hebräer 10,31; Offenbarung 21,8).

2. *Aber Gott ist Liebe* (1. Johannes 4,8-10). Er möchte, dass du umkehrst. Dann will Er dir alle Sünden vergeben. Er kann dies tun, weil einer, sein Sohn, der Herr Jesus, an Stelle der Sünder die Strafe auf sich genommen und ihre Schuld bezahlt hat.

Dies gilt für dich, ja genau für dich! Du musst ehrlich deine Schuld vor Gott bekennen. Und dann darfst du glauben, dass der Heiland am Kreuz auf Golgatha deine Sünden-Rechnung bezahlt hat. Der heilige Gott hat mit seinem absolut sündlosen Sohn Jesus Christus abgerechnet, damit du deine Last loswerden kannst.

Friede mit Gott und ein unbeschreiblich herrliches Ziel wird jedem, der Christus annimmt und ihm nachfolgt, zugesagt. Was ist deine Antwort auf diese *Werbung* Gottes um dich?

Auf Hochglanz poliert

In dem bekannten Londoner Wachsfigurenkabinett von Madame Tussaud konntest du an der Treppe einen englischen Polizisten stehen sehen. Schon manche wollten ihn ansprechen und fragen, wo es weitergeht, da bemerkten sie erst, dass er aus Wachs gebildet war. So echt, so verblüffend echt sah er aus, als wäre er tatsächlich ein englischer Bobby. Aber er war keiner. Es war nur äußere Ähnlichkeit.

Ich ging durch alle Räume jener seltsamen Ausstellung. Überall das gleiche Bild: berühmte Persönlichkeiten aller Schattierungen, Könige und Feldherren, Politiker, Künstler und Wissenschaftler. Unwahrscheinlich diese Ähnlichkeit. Unwahrscheinlich auch, wie still die vielen Besucher wurden, sobald sie in die Ausstellung kamen. Man sollte meinen, manche würden lachen. Aber nein, ganz stumm werden die meisten. Es verschlägt ihnen die Sprache. Denn diese Figuren dort wirken beklemmend, ja lähmend. Sie sind ohne Leben. Nur die äußeren Maße stimmen.

Und wie viele Menschen bemühen sich in unseren Tagen um die äußeren Maße, um einen christlichen

Mantel, eine äußere christliche Form. Es ist zum Erschrecken, wie viel Schein uns umgibt. Johannes Busch hat einmal gesagt: Wer nicht rot ist, der ist rötlich, und wer kein Christ ist, der ist christlich. Wie recht er damit hat! Und gerade das ist ja die Not in so vielen Gemeinden, das ist die Not unseres Volkes, ja des ganzen so genannten christlichen Abendlandes: Wir haben ein Christentum ohne Christus. Da ist Religion, aber kein Leben. Da gibt es christliche Formen, aber keine Kraft. Da sind viele gelehrte christliche Leute, aber so wenige mutige Bekenner. Da gibt es so viele schwammige Ansichten, aber so wenige Männer, die auf dem Felsengrund der biblischen Verkündigung stehen. Denn das ist das wirklich Verwirrende an unserer Zeit, dass selbst das Böse sich mit christlichem Gehabe verschleiert. Wie treffen doch die Worte der Heiligen Schrift für unsere Gegenwart zu: „Dies aber wisse, dass in den letzten Tagen schwere Zeiten eintreten werden. Denn die Menschen werden selbstsüchtig sein, geldgierig, prahlerisch, hochmütig, Lästerer, den Eltern ungehorsam, undankbar, gottlos, lieblos, unversöhnlich, Verleumder, unenthaltsam, grausam, das Gute nicht liebend, Verräter, verwegen, aufgeblasen, mehr das Vergnügen liebend als Gott. Sie haben eine Form der Frömmigkeit, deren Kraft aber verleugnen sie. Diese Menschen meide!" (nach 2. Timotheus 3,1-5).

Darum merk dir eins: Nur der ist ein Christ, der von Christus neues Leben empfangen hat. Und du musst ihn als den Herrn deines Lebens anerkennen. Ihm nachfolgen. Der bloße Name, Ähnlichkeit und Schein zählen nicht.

Es ist wie mit einem Auto. Es ist auf Hochglanz poliert. Der Motor ist tipptopp in Ordnung. Die Reifen, die Bremsen, alles ist okay. Sogar der Zündschlüssel steckt. Aber – es ist kein Benzin im Tank. Der Kraftstoff fehlt. Du kannst höchstens den Berg hinunterfahren. Aber der Augenblick kommt bestimmt, wo du mit solch einem Fahrzeug am Ende bist. Wo du eine böse Überraschung erleben wirst. Und wie viele haben in diesem Bild gesprochen keinen Kraftstoff. Sie fahren bequem die breite Straße hinab. Aber es ist die falsche Richtung. Sie alle werden an ein Ziel gelangen, das sie nicht erwartet haben.

Wer zählt das Heer der Taufschein-Christen, die meinen, dem heiligen Gott und Richter ein christliches Dokument vorweisen zu können? Und wer kann die vielen Gelegenheitschristen nennen? Bei der Taufe, zur Konfirmation, zur Hochzeit, da kannst du ihre Wagen parken sehen. Und notgedrungen auch an der Friedhofskapelle. Mit welch trügerischem Schein, mit wie viel christlicher Pausbäckigkeit umgibt sich die Welt heute! Der breite Weg, der in das ewige Verderben führt, hat in der Tat einen breiten christlichen Bürgersteig. Das Symbol wird hochgehalten, der Name ist da, aber das Leben fehlt. Wie sagt doch die Bibel von solchen? „Du hast den Namen, dass du lebst, und bist tot" (Offenbarung 3,1) und: „Sie haben eine Form der Frömmigkeit, deren Kraft aber verleugnen sie ... " (2. Timotheus 3,5).

Prüfe dich, ob du Leben aus Gott hast oder nur eine tote Form beachtest! Und denke daran: Mit dem Strom schwimmen auch die toten Fische. Was du brauchst, ist Leben, Leben aus Gott.

Heraus aus dem Schmutz!

„Lumpen, Knochen, Eisen und Papier, alles sammeln wir, ja sammeln wir ... " Da zieht er singend vorbei, der kleine Trupp von Jungen; zwei von ihnen ziehen einen Bollerwagen hinter sich her, auf dem sich bereits ein Müllplatz im Kleinen angesammelt hat: Lumpen, Knochen, Eisen und Papier ...

Ich werde an eine Begebenheit erinnert, die sich in Berlin zugetragen hat. Damals gab es noch keine gelben und blauen Mülltonnen. Und auch keinen Grünen Punkt. Alles Weggeworfene, jeder Abfall wurde draußen vor die Wohnviertel abgefahren. Und hier draußen, wo Müll und Kehricht der Weltstadt eine riesige, übel riechende Berg- und Tallandschaft bilden, da ist das Revier dessen von dem ich erzähle. Außer den Scharen krächzender Rabenvögel und vorbeihuschender Ratten, die zwischen dem Müll nach Fressbarem suchen, ist er das einzige Lebewesen weit und breit: unser Lumpensammler. Einen Sack auf dem Rücken, stochert er mit einem langen Stock die Abfälle auseinander auf der Suche nach altem Eisen, nach Flaschen, Knochen, Lumpen und anderem weggeworfenem Kram. Seit seinen Jugendtagen hat sich der Berliner Müllplatz immer weiter ausgedehnt, und auf einem Teil der ehemaligen Abfallhalden wachsen schon lange Gras, Sträucher und sogar Bäume. Aber sein Weg ging Tag für Tag dem Müll nach.

Und nun, da er schon graues Haar hat, ist seine tägliche Umgebung noch immer die gleiche. Verrostete Konservendosen, weggeworfene Schuhe, abgefahrene Reifen, Scherben, alte Kartons und Flaschen, alles verstreut in Bergen von Asche und stinkenden Abfällen, das ist seine Welt gestern wie heute. Ein anderes Leben kennt er nicht. Dort wühlt er unablässig in Schmutz und Staub. Was sonst um ihn her vorgeht, kümmert ihn nicht. Mit dem pulsierenden Leben ringsum hat er keine Verbindung. Seine Gedanken kreisen nur um den Müllplatz. Für ihn errechnet sich der Wert eines Tages danach, wieviel Lumpen, Knochen und alte Flaschen er in seinem Sack nach Hause schleppt. Nach Hause? Ach, die halbverfallene Bretterbude, in der er haust, ist nicht sein Zuhause. Sein eigentliches Zuhause ist der große Kehrichthaufen draußen vor der Stadt. In dessen Staub und dessen übler Luft verbringt er seine traurigen Tage.

Da kommen eines Tages zwei Männer zu ihm auf den Müllplatz. Ein Polizist und ein Beamter vom Amtsgericht stellen seine Personalien fest und teilen ihm mit, dass er gesucht wird. Ein längst vergessener Verwandter in Übersee hat ihn zum Erben einer Millionenerbschaft bestimmt. Aber der Lumpensammler hört kaum zu. Er glaubt nicht, dass die beiden Boten eigens für ihn zum Müllplatz gekommen sind. Und erst recht glaubt er nicht, dass ihre Nachricht für ihn von Bedeutung ist. Als die beiden ihn drängen und zu überzeugen versuchen, da wird er schließlich grob. Er meint, sie wollten ihn auf den Arm nehmen. Doch endlich erfasst er die Wahrheit. Und er lässt sich auch überzeugen, dass sein verlumpter und schmutziger Zustand sich für ihn nicht mehr schickt. Die beiden Beamten strecken ihm das notwendige Geld vor, dass er sich ordentlich baden, rasieren und von Kopf bis Fuß neu einkleiden kann. Seine alten Bekannten kennen ihn nicht wieder. Dann reist er mit dem Gerichtsbeamten, der ihn vom Kehrichthaufen weggeholt hat, nach England, wo über eine Londoner Bank die Erbschaft ausgezahlt wird. Auf der Rückreise gibt er seinem Begleiter eines der großzügigsten Trinkgelder, das je verschenkt worden ist – 25 000 Euro.

Hast du dich auch schon nach einem neuen, sauberen Leben gesehnt? Merkst du auch schon nicht mehr den Berg von Schmutz, in dem du steckst? Die unsauberen Gespräche auf dem Schulweg, die Witze am Arbeitsplatz, die heimlich oder offen gezeigten Bilder, Videos, Magazine und schlechten Bücher – kennzeichnen sie dein Leben? Und wo surfst du im Internet? Denk daran: Alle diese Dinge sind schlimmer als ein Haufen Dreck. Der Moder und das Gift der Fäulnis und des Todes stecken darin. Und trotzdem kennen viele nur das Unreine und die ständige Begierde und Lust danach. Hinter dem strahlenden Lächeln der geschminkten Gesichter verbirgt sich oft genug ein tief unglückliches Herz. Aber es wird weitergestochert in immer neuen Bergen von Unrat, so wie es unser Lumpensammler tat.

Aber jetzt gib Acht! Einer, den du längst vergessen hast, hat ein Testament für dich hinterlassen. Gerade für dich! Du bist zu einem großen Erbteil berufen! Und gegen diese Erbschaft sind die Millionen der Erde nur Staub, denn du sollst Erbe Gottes werden und Miterbe Christi. Das fassen unsere schwachen Sinne noch weit weniger als der Bettler seine Millionenerbschaft. Aber halte diese Botschaft nicht für einen Scherz! Denke nicht, sie ginge dich nichts an. Auch wenn die Menschen, die dich umgeben, sich in ihrem alten Trott nicht stören lassen wollen, du bist gerufen, ein Kind des allmächtigen Gottes zu werden. Er hat es feierlich verkündet. Und er will dich zum Erben seiner Herlichkeit machen. Was das alles umfasst, können wir beide nicht verstehen. Es ist zu groß für unser kleines Herz. Aber du musst heraus aus deinem alten Leben. Heraus aus dem elenden Leben mit seinem Verwesungsgeruch und unbeschreiblichem Dreck. „Denn alles, was in der Welt ist, die Lust des Fleisches und die Lust der Augen und der Hochmut des Lebens, ist nicht von (Gott) dem Vater, sondern ist von der Welt. Und die Welt vergeht und ihre Lust;

wer aber den Willen Gottes tut, bleibt in Ewigkeit."
(1. Johannes 2,16.17). Darum musst du völlig gewaschen und gereinigt werden. Du brauchst frische, reine Luft. Damit deine Seele endlich wieder durchatmen kann. Und wie gut ist es, dass das Blut Jesu Christi, des Sohnes Gottes, uns von aller Sünde reinigt! (1. Johannes 1,7) Aber beeile dich, die Stunden sind kostbar! Du könntest unerwartet umkommen, bevor du deine große Erbschaft antreten kannst.

Alles okay bei dir?

Alles in Ordnung? Der Amerikaner fragt einfach „okay?" und schreibt meistens nur o.k. dafür. Diesen Ausdruck hast du bestimmt schon oft gehört. Er ist nicht nur in den Vereinigten Staaten üblich sondern in vielen Ländern bekannt. Hast du dich schon einmal gefragt, woher dieser Ausdruck mit der eigentümlichen Abkürzung o. k. kommt? Diese Frage zu beantworten, ist gar nicht so einfach. Es gibt mehrere Erklärungen dafür, wie dieses „okay" entstanden sein könnte.

Ich will hier nur die glaubwürdigste Entstehungsgeschichte dieses Wortes erzählen. So viel scheint jedenfalls festzustehen: Ein englisches Wort, das so lautet, gibt es nicht. Auch in ganz alten Wörterbüchern und Schriften der englischen Sprache ist dieses Wort nicht zu finden. Es taucht erstmals in den Vereinigten Staaten auf, nicht hingegen in

England oder in den ehemaligen englischen Besitzungen. Demnach kann dieses Wort auch nicht älter sein als die USA selbst. Und die Vereinigten Staaten von Amerika bestehen als Staat seit dem 4. Juli 1776. Damals lösten sie sich in der berühmten Unabhängigkeitserklärung vom englischen Mutterland. Wahrscheinlich ist dieser eigentümliche Ausdruck während der Zeit des amerikanischen Unabhängigkeitskrieges entstanden und auf unbeabsichtigte, aber doch sehr originelle Weise von einem Deutschen geprägt worden.

Dieser Deutsche ist niemand anders als der bekannte General Friedrich Wilhelm von Steuben (1730-1794). Er hat ein unruhiges Leben hinter sich, bevor er General wird. Als Sohn eines preußischen Offiziers muss er einen großen Teil seiner Kindheit im Feldlager zubringen. Mit siebzehn Jahren tritt er in die preußische Armee ein, wird bald Leutnant und kämpft tapfer in den Schlachten des Siebenjährigen Krieges. Dann holt ihn Friedrich der Große als Adjutant in seinen Stab. Später sehen wir ihn als Hofmarschall des Fürsten von Hohenzollern-Hechingen und schließlich als Oberst im badischen Heer. Aber er ist bald der höfischen Intrigen überdrüssig. Und vor allem seine eigene Unrast drängt nach neuen Ufern. So folgt er dem Rat hoher politischer Freunde und fährt über das große Wasser in das Land der Zukunft. Hier in Nordamerika beginnt man soeben, die koloniale Vorherrschaft Englands abzuschütteln. Man bereitet sich auf schwere Kämpfe vor. Steuben ist der Mann, den man braucht, dringender als Pulver und Kanonen.

Die amerikanische Miliz ist verlottert, disziplinlos, ohne jede Ausbildung. Ihre Offiziere verstehen weder etwas von Taktik noch von Strategie. Den gut ausgebildeten und auf dem Exerzierplatz gedrillten englischen Truppen sind sie auf Dauer nicht gewachsen. Aber Steuben, der 1778 vom Kongress der USA zum Generalinspekteur des Heeres ernannt wird, sorgt gründlich für Ordnung. Er gibt praktische Vorschriften für den Ausbildungsdienst heraus und kümmert sich darum, dass die Vorschriften auch befolgt werden. Auch als aktiver Truppenführer gewinnt er schnell beachtliche Erfolge. Als die Unabhängigkeit gesichert und der Friede geschlossen ist, bewilligt ihm der Kongress auf Empfehlung des ersten Präsidenten George Washington für seine Verdienste um die Vereinigten Staaten von Amerika wertvollen Landbesitz und ein hohes Ruhegeld. Heute noch führt die deutsch-amerikanische Steuben-Gesellschaft alljährlich im September die bekannte Steubenparade in New York durch.

Aber wieso geht nun der Ausdruck „okay" auf den General Steuben zurück? Steuben war zwar ein tüchtiger Soldat, aber als der 57-Jährige nach Amerika geht, verspürt er keine große Lust, noch Englisch zu lernen. Zwar muss er sich notgedrungen die wichtigsten Vokabeln aneignen, aber es hapert doch sehr. Besonders seine Schreibweise richtet sich mehr nach dem deutschen Lautbild. Das führt bei seinen Untergebenen oft nicht nur zum Rätselraten, sondern ist auch manchmal Grund zur Heiterkeit. So sprechen sich die neusten Sprachschnitzer ihres Chefs bei den amerikanischen Soldaten immer schnell herum. Die Schriftstücke, die er zu prüfen und zu unterzeichnen hat, sollen den Vermerk „all correct: Steuben" tragen, was so viel wie „alles richtig: Steuben" heißt. Aber wie gewöhnlich überträgt General Steuben die englische Aussprache einfach auf die deutsche Schreibweise, und so schreibt er anstatt der Abkürzung „a. c." für „all correct" einfach „o. k." hin. Seine Soldaten finden diese Abkürzung sehr ulkig, und so ist das „o. k." bald in aller Munde. Und bis auf den heutigen Tag ist es so geblieben.

Aber nun sieh dir noch einmal die Überschrift an! Wie steht es eigentlich mit dir? Ist bei dir alles „okay", alles in Ordnung? Dabei meine ich nicht deinen äußeren, sondern deinen inneren Menschen. Du sagst: „Na klar, bei mir ist alles okay! Ich habe mich doch immer an die Zehn Gebote gehalten. Ich habe doch noch nie gestohlen und habe auch keinen Totschlag auf dem Gewissen." Nun, das mag sein, aber wie steht es z. B. mit dem 9. Gebot? Hast du noch nie die Unwahrheit gesagt? Oder wie ist es mit dem ersten Gebot: Du sollst Gott fürchten und lieben mit deinem ganzen Herzen …? Nicht wahr, bei Licht besehen, musst du doch zugeben, dass bei dir nicht alles in Ordnung ist, wie es sein sollte. Und wenn du ganz ehrlich bist, dann fällt dir noch mehr ein, wie oft und wie sehr du gegen die heiligen Gebote Gottes verstoßen hast. –

Aber nehmen wir einmal an, du hättest in deinem ganzen Leben nur ein einziges Mal gegen ein einziges der göttlichen Gebote verstoßen; du hättest, sagen wir, nur einmal die Unwahrheit oder, was genauso schlimm ist, nur die halbe Wahrheit gesagt, so wärst du trotzdem dem ganzen Gericht des heiligen Gottes verfallen. Denn er bezeugt in Seinem Wort: „Wer irgend das ganze Gesetz hält, aber in *einem* strauchelt, ist aller Gebote schuldig geworden" (Jakobus 2,10). Du wirst die Frage auf den Lippen haben: „Wer wird dann vor Gott bestehen können und in den Himmel eingehen?" Diese Frage ist verständlich. Sie macht erschreckend deutlich, wie traurig und hoffnungslos die Lage des ganzen menschlichen Geschlechts ist. Doch in diesem Satz ist ein Wörtchen falsch. Er muss richtig heißen: Diese Frage macht erschreckend deutlich, wie traurig und hoffnungslos die Lage des ganzen menschlichen Geschlechts *wäre*, wenn Gott nicht ein Evangelium, eine *frohe* Botschaft für die Menschen und auch für dich hätte. Und diese Botschaft heißt: Gott liebt dich! Gott sucht dich! Ja, Gott gab den hin, an dem sein ganzes Herz hing, ihn, der als einziger kein Gebot übertrat, keine einzige Sünde tat: Jesus Christus, seinen Sohn. An ihm hat er das Gericht, das du verdient hast, vollzogen. Und, o Wunder der Gnade: Der Herr hat sich willig aus Liebe zu seinem Vater und aus Liebe zu dir ans Kreuz schlagen lassen!

Ist das keine frohe Nachricht für einen zum Tod Verurteilten, wenn ein anderer seine Schuld trägt und er selbst freigesprochen wird? Aber diesen Freispruch bekommst du nicht automatisch. Durch die enge Pforte kann man nicht kolonnenweise marschieren. Da muss man einzeln hindurch. Darum entscheide dich! Du bist gemeint! Jesus, der Herr, ruft dir zu: „Wer mein Wort hört und glaubt dem, der mich gesandt hat, hat ewiges Leben und kommt nicht ins Gericht, sondern ist aus dem Tod in das Leben übergegangen" (Johannes 5,24). Möchtest du doch sein Wort hören und ihm glauben! Dann ist in Wahrheit alles okay, alles in Ordnung bei dir.

Auch ein ABC

Das ABC, das die Kinder in der Schule lernen, ist hier nicht gemeint. Ich denke auch nicht an die große amerikanische Rundfunkgesellschaft ABC (*American Broadcasting Company*) oder an die ABC-Staaten Argentinien, Brasilien und Chile. Und im technischen Bereich gibt es gleich eine ganze Anzahl von Erfindungen und Verfahren, wo uns diese drei Buchstaben ABC begegnen. Aber von all diesen soll jetzt nicht die Rede sein. Hier soll berichtet werden von dem gefährlichsten ABC, das es gibt. Ich meine die so genannten ABC-Waffen. Dieser so harmlos und – weil man an das Schul-ABC erinnert wird – fast kindlich klingende Begriff ist nichts anderes als die Sammelbezeichnung für *ato-*

mare, *b*iologische und *c*hemische Kampfmittel. Und diese sind wahrlich alles andere als harmlos.

Nur wenig dringt an die Öffentlichkeit, welche grausamen Dinge sich hinter jedem dieser drei Buchstaben verbergen. Das liegt einfach daran, weil sich die militärischen Planer der Weltmächte nicht gern in die Karten sehen lassen. Der mögliche Gegner soll im Unklaren bleiben, und so deckt ein dichter Mantel dieses Arsenal der Vernichtung. Aber das, was bekannt geworden ist und noch durchsickert, reicht aus, um dieses ABC als das ABC des Schreckens zu bezeichnen.

Alle Sicherheitsüberlegungen gipfeln heute in der Frage nach den Atomwaffen. Über die verheerende Wirkung des A aus diesem ABC sind wir theoretisch weitgehend aufgeklärt. Dass ein einziges, nuklear bestücktes Unterseeboot der Poseidon-Klasse dieselbe Feuerkraft hat wie die im ganzen 1. Weltkrieg entfesselte, jagt uns Schrecken und Schauder ein. Und wo sind die Zehntausende seit den Neunziger Jahren angeblich abgerüsteten atomaren Raketensprengköpfe gelandet? Genaues weiß man nicht. Die wenigen alten und die vielen neuen Atommächte halten sich bedeckt. Trotz aller feierlichen Beteuerungen und Zeremonien. Mit keep smiling vor Dutzenden von Fernsehkameras.

Aber es ist besonders seltsam, dass man darüber die anderen Zerstörungskräfte aus der Schreckenskammer modernster Waffenentwicklung zu vergessen scheint. ABC-Waffen – das Atom beansprucht die ganze Aufmerksamkeit, die biologischen und chemischen Kampfstoffe bleiben im Hintergrund. Zum Teil liegt das sicherlich an der natürlichen Scheu, die jedermann vor unheimlichen Dingen empfindet. Aber wie gesagt, schwerer fällt ins Gewicht, dass es sehr wenige zuverlässige Nachrichten über die neusten Entwicklungen von B- und C-Waffen gibt. Vieles, was im Lauf der letzten Jahre immerhin in die Öffentlichkeit gedrungen ist, klingt so unglaublich, dass der Verstand sich nur zu gern weigern möchte, diesen Möglichkeiten moderner Kriegführung Glauben zu schenken.

Dennoch weiß man, dass einige große und weniger große Länder erhebliche Summen für die Erforschung biologischer und chemischer Kampfstoffe ausgeben und noch erheblichere für die Erforschung von Mitteln zu ihrer Abwehr. Und nicht nur die USA, Russland und China arbeiten eifrig auf diesen Gebieten. Die Bundesrepublik Deutschland übernahm in den Verträgen des Jahres 1954 die Verpflichtung, keine ABC-Waffen herzustellen. Auch das Genfer Protokoll von 1925 zur Haager Konvention verpflichtet die Unterzeichner, keine chemisch-biologischen Kampfmittel anzuwenden. Damals stand man noch ganz unter dem furchtbaren Eindruck der Anfänge des Gaskrieges im ersten Weltkrieg. Die Soldaten des zweiten Weltkrieges schleppten ihre Gasmasken von Schlachtfeld zu Schlachtfeld, aber nicht einer der Verantwortlichen, selbst Hitler und Stalin, wagten es, Giftgas einzusetzen.

Dabei ist Giftgas trotz aller Bedrohlichkeit nicht die gefährlichste chemische Substanz. Eine der giftigsten organischen Chemikalien ist das Botulin. Schon die unvorstellbar kleine Menge von 0,0084 Milligramm wirkt tödlich. Als Aerosol (Sprühmittel) kann es von Flugzeugen abgeblasen oder mit Gaspatronen verschossen werden. Es ist geruch- und geschmacklos und infolgedessen kaum feststellbar. Es ruft fortschreitende Lähmung hervor und führt schließlich durch Atem- und Herzlähmung bei vollem Bewusstsein zum Tod.

Wenn es schon sehr schwierig ist, die Herstellung bzw. Abrüstung von Kernwaffen zu kontrollieren, so ist es fast aussichtslos, die B- und C-Waffen in die Abrüstungsverhandlungen einzubeziehen. Es ist viel zu leicht, Gifte herzustellen und geheim zu lagern. Selbst verhältnismäßig wenig entwickelte Länder sind dazu in der Lage.

Vor allem die biologischen Kampfmittel werden in jüngster Zeit immer bedrohlicher. Schon in der Zeit des Kalten Krieges standen riesige Kulturen gefährlicher Bakterien, die weitgehend längst ausgestorben schienen, bereit. Im Ernstfall sollten sie das Land des Gegners buchstäblich mit Pest und Cholera überziehen. Das hätte den qualvollen Tod von Millionen bedeutet.

Aber kürzlich erst haben die Geheimdienste herausgefunden, dass in unseren Tagen weitaus aggressivere Bio-Waffen entwickelt werden. So wird in den Laboratorien eine neue Form des Milzbranderregers gezüchtet, die gegen jeglichen Impfstoff immun ist. Ferner wird ein biologischer Kampfstoff entwickelt, der aus einer genetischen Verschmelzung des todbringenden Ebola-Virus mit anderen Krankheitserregern besteht. Man befürchtet, dass nicht nur im Kriegsfall sondern auch bei möglichen terroristischen Aktionen diese Killer-Viren gleichsam lautlos eingesetzt werden. Durch Sabotage ins Trinkwasser gebracht, könnten sie in kürzester Zeit riesige Gebiete verseuchen und in einen einzigen Friedhof verwandeln.

Eine in Wahrheit schauerliche Aussicht tut sich hier vor unsern Augen auf. Alles dies zeigt, wozu der von Gott abgefallene Mensch fähig ist. Die Ursache jeder Aufrüstung und aller Forschung nach neuen Vernichtungswaffen, ja aller Unruhe und aller Angst in der Welt ist – die Sünde. Jedes Kind, dem die Beine durch eine heimtückisch explodierende Mine zerfetzt wurden, ist ein herzzerreißendes Mahnmal der Sünde des Menschen. Und jeder Kampfbomber und jede Ruine auch.

Das Wort Sünde ist unbequem. Deshalb benutzt man es heute nicht gern. Man spricht lieber von Fehlverhalten. Wenn ich meinen Kaffee mit dem Messer umrühre, das ist Fehlverhalten. Aber wenn ich die Moral einer streunenden Katze habe, das ist Sünde. Doch Sünde ist noch mehr. Sünde ist nicht nur huren und ehebrechen, lügen, stehlen und morden. Auch Selbstgerechtigkeit, Hochmut und

Lieblosgkeit sind Sünde. Sünde ist Zielverfehlung des Lebens.

Sünde, das heißt: so leben und so tun, als ob es keinen Gott gäbe. Dabei glaubt man durchaus, dass es einen Gott gibt. Aber jeder, der in der Sünde, also ohne Gott lebt, ist im wahrsten Sinne des Wortes ein Gott-loser. Stellst du dir, wie so viele andere, auch Gott gern als gütigen alten Mann, mit rauschendem Bart oder so ähnlich, vor? Auch das hat die Sünde fertig gebracht, dass viele eine Vorstellung von Gott haben, die dem Wesen und der Allmacht des hochheiligen Gottes völlig widerspricht. In der Bibel heißt es von jedem Sünder: „Deren Verstand ist verfinstert, entfremdet dem Leben Gottes wegen der Unwissenheit, die in ihnen ist, wegen der Verhärtung (oder Blindheit) ihres Herzens … " (Epheser 4,18). Wenn ein Blinder nicht sieht, so ist sein Nichtsehenkönnen der Beweis seiner Blindheit. Und wenn ein Unwiedergeborener das, was des Geistes Gottes ist, nicht erfasst, so ist dies der Beweis seines verlorenen Zustandes. „Der natürliche Mensch aber nimmt nicht an, was des Geistes Gottes ist, denn es ist ihm eine Torheit … " (1. Korinther 2,14). „Denn das Wort vom Kreuz ist denen, die verloren gehen, Torheit" (1. Korinther 1,18). So heißt es an anderer Stelle. Aber noch lädt Gott zur Umkehr ein. Denn: „So wahr ich lebe, spricht der Herr, ich habe kein Gefallen am Tode des Gottlosen, sondern dass sich der Gottlose bekehre von seinem Weg und lebe" (Hesekiel 33,11). Vertraue ihm; er hat seine Liebe völlig unter Beweis gestellt (Römer 5,8).

Karl Mays Großmutter

Karl May hat über Winnetou und Old Shatterhand, vom Schatz im Silbersee und vom Vermächtnis des Inka geschrieben. Und noch vieles mehr. Seine Werke umfassen genau siebzig Bände. Ihre Auflage geht in die Millionen und steigt ständig. Aber Karl Mays Großmutter? Was hat die hier zu suchen? Seine Indianergeschichten sind doch nichts für Großmütter! Dabei ist es gerade seine Großmutter, der er indirekt diese Geschichten zu verdanken hat; denn sie, Johanne Christiane May, war es, die auf Karl May einen nachhaltigen Einfluss ausübte und seine Phantasie entwickelte. Er schätzte seine Großmutter sehr. Deshalb schreibt er auch ausführlich über diese kluge Frau und sein Verhältnis zu ihr.

Karl May wurde 1842 in einem ärmlichen erzgebirgischen Weberstädtchen geboren. Sein Vater war ein armer Weber, und Karl war das Fünfte von insgesamt vierzehn Kindern der Familie. Von denen starben neun in den ersten Lebensjahren. Der kleine Karl erkrankte kurz nach der Geburt ebenfalls sehr schwer. Er verlor das Augenlicht und verbrachte seine frühen Kinderjahre in dauernder Krankheit und völliger Blindheit. Später behandelte ihn ein tüchtiger Arzt. Das Augenlicht kehrte wieder. Er wurde ein kräftiger und widerstandsfähiger Junge.

Seine Mutter musste ständig schwer arbeiten, um die Familie mit zu ernähren. Aber seine Großmutter nahm sich in rührender Weise ihrer Enkelkinder und besonders des kleinen blinden Karl an und pflegte ihn aufopfernd. Doch diese Frau war nicht nur selbstlos, sondern sie verfügte auch über ein erstaunliches Talent, spannende Geschichten lebensnah zu erzählen. So regte sie besonders die Phantasie des kleinen Karl an, der immer mehr hören wollte und oft so hingerissen war, dass er zu weinen begann. Stundenlang konnte er still und regungslos dasitzen, um über die Gestalten aus Großmutters Geschichten nachzudenken.

Lassen wir Karl May selbst zu Wort kommen, wie er diese Zeit in seinen Erinnerungen schildert: „Ich sah nichts. Es gab für mich weder Gestalten noch Formen, noch Farben, weder Orte noch Ortsveränderungen. Ich konnte die Personen und Gegenstände wohl fühlen, hören, auch wittern. Aber das genügte nicht, sie mir körperlich und bildmäßig darzustellen. Ich konnte sie mir nur denken. Wie ein Mensch, ein Hund, ein Tisch aussieht, das wusste ich nicht. Ich konnte mir nur innerlich ein Bild davon machen. Und wenn jemand sprach, hörte ich nicht seinen Körper. Sein Inneres trat mir näher. Und so ist es geblieben, auch als ich sehen gelernt hatte. Das ist der Schlüssel zu meinen Büchern. Das ist die Erklärung zu allem, was man an mir lobt und an mir tadelt. Nur wer blind gewesen ist, kann sich in alles hineindenken, was ich schrieb. – Ich weilte tagsüber bei meiner Großmutter. Sie war mein Vater, meine Mutter, meine Erzieherin, ja mein Sonnenschein. Alles, was ich in mich aufnahm, leiblich und geistig, das kam von ihr. Was sie mir erzählte, das erzählte ich wieder und fügte hinzu … "

Mit der Person seiner Großmutter verbindet sich ein Ereignis, das den jungen Karl besonders erschütterte. Eines Tages nämlich fällt seine Großmutter während des Mittagessens plötzlich vom Stuhl und sinkt wie tot zu Boden. Das ganze Haus gerät in Aufregung. Der Arzt wird geholt. Er stellt Herzschlag fest. Großmutter sei tot und nach drei Tagen zu begraben. Aber sie lebt. Sie ist nur scheintot. Doch kann sie kein Glied bewegen. Nicht einmal die Lippen oder die nicht ganz geschlossenen Augenlider. Sie sieht und hört alles. Auch das Weinen und Jammern der Angehörigen. Sie versteht jedes Wort, das gesprochen wird. Sie sieht und hört den Schreiner, der ihr den Sarg anmißt. Als er fertig ist, wird sie hineingelegt und in eine kalte Kammer gestellt. Am Beerdigungstag bahrt man sie im Hausflur auf. Die Leichenträger kommen, auch der Pfarrer und der Kantor mit dem kleinen Chor. Die Familie beginnt Abschied von der Scheintoten zu nehmen. Man stelle sich deren Qual vor! Drei Tage und drei Nächte lang hat sie sich alle erdenkliche Mühe gegeben, durch irgendeine Bewegung zu zeigen, dass sie noch lebt – vergeblich!

Und jetzt kommt der letzte Augenblick, wo ihr Zustand noch erkannt werden kann. Hat man den Sarg erst einmal geschlossen, dann wird sie lebendig begraben. Später erzählte sie, dass sie sich in ihrer Angst große Mühe gegeben habe, doch wenigstens mit dem Finger zu zucken, als einer nach dem andern kommt, um ihre Hand zum letzten Mal zu ergreifen. So tut es auch das jüngste Mädchen, das ebenfalls sehr an ihr gehangen hat. Da schreit das Kind plötzlich bleich vor Entsetzen auf: „Sie hat meine Hand ergriffen! Sie will mich festhalten!" Und richtig, man sieht, dass die scheinbar Verstorbene ihre Hand in langsamer Bewegung abwechselnd öffnet und schließt. Die Leute, die zur Beerdigung gekommen waren, stürzen hinaus. Schnell wird ein anderer Arzt geholt. Und er bestätigt es: Johanne Christiane May ist nur scheintot gewesen.

Was Karl May hier von seiner Großmutter erzählt, ist ungewöhnlich, wie so vieles in seinen Büchern. Dass es jedenfalls in früheren Zeiten vorgekommen ist, dass Scheintote begraben wurden, das steht fest. Beim heutigen Stand der medizinischen Wissenschaft ist es allerdings so gut wie ausgeschlossen, dass der Zustand scheintoter Menschen nicht erkannt wird. Darum brauchst du dir also keine Sorgen zu machen. Etwas anderes ist viel wichtiger und sehr ernst: dass nämlich viele Menschen lebendig tot sind. So sagt es die Bibel.

Dabei mögen diese Menschen noch so gesund und braun gebrannt aussehen und noch so kräftig und unternehmungslustig sein. Das untrügliche Wort Gottes behauptet von ihnen, dass sie lebendig tot sind. Nicht nur scheintot sondern lebendig tot.

Lass es dir anhand der Bibel erklären: Die Folge der Sünde, des Lebens ohne Gott, ist der Tod. Denn Gottes Wort sagt: „Der Lohn der Sünde ist der Tod" (Römer 6,23). Und der Tod als Lohn der Sünde zeigt sich in dreifacher Weise: einmal im *körperlichen Tod.* Die Menschen sterben. Diesem Tod sind alle unterworfen, die Bekehrten wie die Unbekehrten. Das Kind Gottes besitzt aber die Verheißung: „Ich bin die Auferstehung und das Leben. Wer an mich glaubt, wird leben, auch wenn er stirbt" (Johannes 11,25).

Dann zeigt sich der Lohn der Sünde im *geistlichen Tod.* Viele Menschen sind geistlich tot. Jeder nicht Wiedergeborene ist in Sünden tot. Er hat Ohren und hört nicht, er hat Augen und sieht nicht. Er kann und will das, was göttlich ist, nicht wahrnehmen und nicht verstehen (1. Korinther 2,14; lies auch Epheser 2,1 und Matthäus 8,22). Er ist ein lebender Leichnam.

Und schließlich ist der *ewige Tod* die Folge der Sünde. Der ewige Tod ist die ewige Verdammnis. Dieser ist die furchtbare Strafe für alle geistlich Toten, für alle diejenigen also, die die frohe Botschaft Gottes nicht annehmen und lieber in Sünden leben. Sie alle werden einmal das ernste Wort hören: „Geht von mir, Verfluchte, in das ewige Feuer, das dem Teufel und seinen Engeln bereitet ist!" (Matthäus 25,41; lies auch Offenbarung 20,14.15).

Jesus Christus, der Lebensfürst, bietet dir heute ewiges Leben an. Nimm ihn beim Wort und lass dich erretten! (Johannes 5,24)

Krawall in der Waldbühne

Fast jeder kannte ihn, denn Sir Yehudi Menuhin (1916-1999) war einer der begabtesten Geigenkünstler der Welt. In seiner feinen Art sagte er nach einem Konzert der Rolling-Stones das denk-würdige Wort: „Ich weiß nicht, ob Musik eine Sprache ist, die überall verstanden wird." Was bedeutet das? – Sollte gerade einer auf der Leitung stehen, das kann ja mal vorkommen! – Er wollte damit zum Ausdruck bringen, dass er diese Rockmusik-Sprache nicht verstand. Der Rocksänger Mick Jagger, einer der Rolling-Stones, hat jedenfalls eins verstanden: Mit Rock Geld zu scheffeln. Immense Summen anzuhäufen. Entsprechend großzügig konnte er seine Ex-Frauen abfinden. Seine Frau Jerry bekam nach der Scheidung „lumpige" 15 Millionen Euro. Die Ex-Geliebte Luciana erhielt 1999 von dem 56-Jährigen angeblich „nur" die Hälfte. Und Morad, Mick Jaggers Sohn von Luciana soll von Papi lächerliche 310.000 Euro pro Jahr bekommen. So hat ihn seine „Musik" reich gemacht.

Aber wie mag es in seinem Innern aussehen? Ein Interview mit der FAZ steht unter der bezeichnenden Überschrift: „Warum sind Sie nicht glücklich, Mister Jagger?" Darin bekennt er ganz offen: „Ich habe alles erreicht, was ich mir erträumen konnte. Und ich war an dem Punkt angelangt, an dem man sich fragt: War es das? Und ich habe erkannt, dass das eben noch nicht alles gewesen sein konnte. Dass es noch irgendetwas anderes geben muss (!). Eben die üblichen Gedanken, die einem gelegentlich durch den Kopf gehen." Und dann sagt er immer wieder: „So, jetzt habe ich dies und das erreicht. Aber glücklich bin ich nicht." – „Auch mein neues Album zum Beispiel, ich halte es für eine interessante Produktion. Aber glücklich macht mich das nicht." Und auf seinen Song „I can't get no satisfaction" angesprochen, den er als Zwanzigjähriger schrieb, meint er lapidar: „Die Jugendlichen sind heute genauso unzufrieden – sie finden keine ‚satisfaction'".

Dass Rock nicht dazu angetan ist, Ruhe und Frieden zu verbreiten ist bei dem Auftritt der Rock-Bands spürbar. Schmerzlich spürbar. Nicht nur durch die hohe Dezibel-Zahl. Schmerzhaft am Trommelfell. Doch das ist noch das Wenigste. Die reihenweisen Ohnmachten der Teenies sind auch relativ harmlos. Aber oft genug gibt es qualvoll Verletzte und Tote. Wir sind ja so vergesslich. Wer denkt noch an die Totgetrampelten, Totgequetschten und Verletzten bei dem Rock-„Festival" der US Band „Pearl Jam" am 30. Juni 2000 in der dänischen Stadt Roskilde? Am Freitag totgetrampelt. Aber abgeblasen wird nichts. Samstag geht's weiter. The rock is going on. Bis Sonntag einschließlich. Die Kasse muss stimmen.

Und wer erinnert sich noch an die Anfänge der Rolling-Stones bei ihren ersten Tournees durch die Hauptstädte? Wie ging es am Anfang zu?

Riesen-Aufregung in Berlin! Aber diesmal nichts Politisches. Die Zeitschrift „Bravo" hat die englische Beatband „Rolling Stones" eingeladen, nach Berlin zu kommen und dort in der Waldbühne zu spielen. Am Mittwochabend, den 15. September 1965, soll die Veranstaltung stattfinden. Am Nachmittag treffen die fünf Engländer auf dem Flughafen ein und werden von einer Vorhut der Fans begrüßt. Und dann strömen die Jugendlichen in die Waldbühne, um ihre Idole zu feiern. Bei vielen der jungen Menschen ist es gar nicht einfach zu sagen, ob es sich um Jungen oder Mädchen handelt. Denn zahlreiche Jungen haben sich ihre Haare in Schulterlänge wachsen lassen. Und, ob Männlein oder Weiblein, lange, schmale Hosen tragen sie alle.

Immer mehr kommen herbei, um die „Rolling Stones" zu sehen und zu hören. Und schon vor Beginn des Beatkonzerts kommt es im überfüllten Rund der Waldbühne zu einem lebensgefährlichen Gedränge. Einige lassen Feuerwerkskörper abbrennen. Knallfrösche springen qualmend und explodierend zwischen die Sitze. Mädchen kreischen auf. Und endlich, da kommen sie! Die „Rolling Stones" erscheinen auf der Bühne und treten in Aktion. Sie werfen ihre Pilzköpfe nach rechts, nach links, nach hinten und nach vorn, während sie ihren Instrumenten ohrenbetäubende Rhythmen entlocken. Keine zwei Minuten vergangen, da versuchen hysterisch gewordene Jugendliche die Bühne zu stürmen. Die Polizei hat alle Hände voll zu tun, sie zurückzudrängen. Schon schlagen die ersten Fans der Länge nach auf der Bühne hin. Ihren vorderen Teil hat man vorsorglich mit Schmierseife eingerieben. Der Beatband wird es zu gewagt weiterzuspielen, sie verlässt vorübergehend die Bühne. Erst als die Polizei einen doppelten Schutzring gezogen hat, tritt das Quintett wieder in Aktion, um die vereinbarten zwanzig Minuten seines Auftritts abzudienen. Von der Musik ist in dem Lärm so gut wie nichts zu hören.

Aber dann drängen die Fans plötzlich vor und rutschen auf ihre vergötterten Stars zu. Diese machen sich blitzschnell aus dem Staub. Sie rasen, als ging es um ihr Leben, von der Bühne, flüchten sich unter Polizeischutz in einen Bunker. Von hier werden sie auf Umwegen in ein Hotel gebracht. Und nun verwandelt sich die Waldbühne vollends in einen Hexenkessel. Wie auf Kommando beginnen die Beatverehrer, während vorn andere Kapellen heiße Rhythmen spielen, die Sitzbänke zu demolieren. Andere zielen mit Steinen und Coca-Cola-Flaschen auf die Lampen oder werfen die Bretter der Bänke einfach in die tosende und johlende Menge. Dreihundertfünfzig Polizeibeamte versuchen die enthemmte Masse zu beruhigen. Vergeblich. Nach einer regelrechten Schlacht mit der Polizei werden die Fans schließlich aus der Arena gedrängt. Auf dem Heimweg verbünden sie sich mit enttäuschten

Jugendlichen, die keine Karten mehr bekommen haben. Parkende Autos werden beschädigt und umgeworfen, Straßen blockiert und S-Bahnzüge zum Halten gebracht. Es ist spät, als wieder einigermaßen Ruhe einkehrt.

Und das war die Bilanz des Auftritts der „Rolling Stones" in Berlin: Für ihren 20-Minuten-Auftritt nahmen sie eine riesige Gage mit nach Hause. Zurück blieb ein Schlachtfeld. Allein in der Waldbühne entstand ein gewaltiger Schaden. Die Sitzbänke wurden zu achtzig Prozent zertrümmert, die Hälfte aller Lampen ging zu Bruch. Das Handgemenge zwischen den völlig enthemmten etwa 20.000 vorwiegend 15- bis 17-jährigen Beatfans und der Polizei forderte 87 Verletzte, von denen viele schwer verletzt ins Krankenhaus kamen. Das Ausmaß der Schäden außerhalb der Waldbühne war kaum zu übersehen. 85 Jugendliche wurden festgenommen.

Zu allen Zeiten gab es Dinge, die das Herz des Menschen fesselten, ja in ihren Bann zogen. Sie wurden und werden öffentlich oder heimlich angebetet. Bei dem Volk Israel war es ein Goldenes Kalb, das sie aus ihren Schmuckstücken gegossen und dann angebetet hatten. Bei den Eingeborenen im Urwald mag es eine für unsere Begriffe scheußliche Holzfigur mit Glotzaugen sein oder sonst irgendein Fetisch. Und bei dem Menschen von heute ist es irgendetwas anderes, für das sein Herz brennt. An dem es hängt, ganz offen oder im Verborgenen. An die Stelle von Idealen sind weithin Idole getreten. Sie werden vergöttert. Ihre Bildnisse trägt man mit sich herum und dekoriert zu Hause das Zimmer oder gar die eigene Haut damit.

Aber es gibt noch weit mehr moderne Götzen als Stars und Idole. Alles, was dein Herz gefangennimmt, ist ein Götze. Und alles, was du deinem Götzen an Zeit und Geld opferst, ist Götzendienst. Dabei bist du zu etwas ganz anderem berufen. Gott will dich haben! Er ruft dir zu: „Ich, der Herr, das ist mein Name; und ich will meine Ehre keinem andern geben, noch meinen Ruhm den Götzen" (Jesaja 42,8). Sei ehrlich! Mach dir nichts vor! Dein ganz persönlicher Götzendienst hat dich nicht glücklich gemacht. Aber gerade Glück, das ist es, was du suchst, was du brauchst. Gott will es dir schenken. Und er versichert allen, die zu ihm kommen: „Von all eurer Unreinigkeit und von allen euren Götzen will ich euch reinigen" (Hesekiel 36,25). Darum komm zu Jesus Christus! Er allein kann dich frei, froh und glücklich machen.

Eine halbe Brücke – ein ganzer Unsinn

Eine halbe Brücke? Ja, so etwas gibt es. Wo? In Avignon in Südfrankreich. Sie führt über ... nein, sie führt eben nicht. Sie sollte über die Rhône führen. Aber auf dem linken Ufer war damals im Mittelalter das Kaiserreich, das Heilige Römische Reich Deutscher Nation. Und auf dem rechten Rhôneufer lag Frankreich, das Königreich. Und weil die beiden Reiche nicht zusammenfanden, blieb die Brücke unvollendet.

Heute gehört die halbe Brücke von Avignon zu den Sehenswürdigkeiten dieser an alten römischen Bauten so reichen Stadt. Unzählige Postkarten mit dem Bild der steinernen Bogenbrücke, die mitten über der Rhône endet, werden in alle Welt geschickt.

Aber eine halbe Brücke ist ein ganzer Unsinn. Sie führt nicht ans Ziel, nicht ans andere Ufer. Und halbe, unentschiedene Menschen sind ganze Trottel. Aber wie viel an Unentschiedenheit ist um uns her! Man will halb Gott gehorchen und halb der Sünde dienen. So war es auch einst bei den Israeliten zur Zeit des Propheten Elia. Sie dienten zum Teil dem alleinigen, wahren Gott, zum Teil aber auch dem Sonnengott Baal ihrer heidnischen Umgebung. Da stellt Elia das Volk vor die Entscheidung. Er lässt sie alle auf dem Berg Karmel versammeln, und richtet die Frage an sie:

„Wie lange hinkt ihr auf beiden Seiten? Ist der Herr Gott, so folgt ihm nach; ist es aber Baal, so folgt ihm nach!" (1. Könige 18,21).

Vielen, vielen möchte man heute die gleiche Frage vorlegen. Wer sich zwischen der Nachfolge Jesu Christi und dem weltlichen Treiben halbiert, ist unfähig zu leben. Er wird auseinandergerissen. „Die Freiheit und das Himmelreich gewinnen keine Halben", sagt schon Ernst Moritz Arndt, der große deutsche Dichter. Das ist ein wahres Wort. Darum mach Schluss mit aller Lauheit! Laue Kerle sind keine ganzen Kerle, sind Feiglinge. (Lies Offenbarung 3,15.16!) Aber Jesus Christus will dich ganz haben. „Niemand kann zwei Herren dienen", sagt er selbst in Gottes Wort (Matthäus 6,24). Bleibe nicht in der Tür stehen! Da holt man sich in der Zugluft eine Erkältung und den Tod. Nicht halb drin und halb draußen sein wollen! Halb für Gott und halb der Welt, heißt ganz dem Teufel. Deshalb: Entweder – oder! Es gilt Entschlossenheit und Entscheidung, Mut und Hingabe zur Christusnachfolge. Darum mach endlich Ernst und folge ihm ganz nach!

Die Fackel Alexanders

Auf der Rennbahn am königlichen Hof zu Pella in Mazedonien steht ein Knabe. Blau leuchten seine Augen. Das blonde lange Haar wallt lockig herab. Es ist Prinz Alexander, zu Deutsch der „Männerbezwinger". Da führen ihm die Sklaven ein Pferd vor, einen feurigen, schwarzen Hengst mit roten Nüstern und wilden, rollenden Augen. Ein Tier, das keiner reiten kann. Aber Alexander hat beobachtet, dass das Ross nur immer dann scheut und durchgeht, wenn es seinen eigenen Schatten erblickt. Der Prinz stellt es mit dem Kopf zur Sonne – ein Satz auf den Rücken des Hengstes, ein kurzer, harter Kampf zwischen Prinz Alexander und Tier, dann fügt sich das Pferd dem überlegenen Geist und der Kraft des Menschen. Es hat ihn später als treuer Gefährte durch alle Schlachten und Gefahren eines bewegten Lebens getragen. Und welch ein abenteuerliches und an Verantwortung reiches Leben hat sein Reiter geführt!

Nach dem jähen Tod König Philipps, seines Vaters, besteigt der zwanzigjährige Alexander im Jahre 336 v. Chr. den mazedonischen Thron. Er ist streng erzogen und hochgebildet. Der größte Gelehrte seiner Zeit, der weise Aristoteles (384-322 v. Chr.), war sein Erzieher. Eifrig hatte Alexander die Geschichtsbücher studiert und den Dichter Homer gelesen. Aber bald hat der junge Monarch die erste Kraftprobe zu bestehen. Die Griechen verweigern ihm den Gehorsam. Doch es gelingt ihm schnell, sie dahin zu bringen, seine Herrschaft anzuerkennen. Er wird der wahre Einiger des gesamten griechischen Volkes.

Sein erstes Kriegsziel ist die Eroberung des Perserreiches. Ins Grenzenlose dehnt sich dieses Reich – bis ans Ende der damals bekannten Welt. Aber der Perserkönig Darius III. schläft nicht. Und er ist mit seinen Truppen und vielen Kriegsschiffen dem kleinen Häuflein der Mazedonier und Griechen hundertfach überlegen. So groß das Wagnis auch ist, Alexander kennt kein Zaudern. Sein Drang führt ihn nach Kleinasien. Er kommt mit seinem Heer an die Stätte des alten Troja. Bald darauf stößt er auf das persische Heer. An der Spitze seiner Truppen stürzt er sich in den Kampf. Er sucht den Zweikampf mit dem persischen Heerführer. Nach kurzem, bedrohlichem Kampf fällt die Entscheidung. Die Perser werden zersprengt. Die Schlacht ist gewonnen.

Dieser erste große Sieg bedeutet für Alexander den Gewinn von ganz Kleinasien. Kampflos zieht er an der Westküste entlang. Eine Stadt nach der andern unterwirft sich dem mutigen König. Aber noch gibt sich Darius nicht geschlagen. Als sich Alexander anschickt, die reiche Nordostecke des Mittelmeers zu erobern, kommt die Nachricht, der Perserkönig nahe mit zwölffacher Übermacht. Und richtig – bei der Stadt Issus werden die Griechen unerwartet aus dem Hinterhalt überrumpelt. Verwirrung greift um sich. Wieder ist es Alexander selbst, der an der Spitze der Reiter die Truppen sammelt und anführt. Selbst schwer angeschlagen und aus vielen Wunden blutend, kämpft er sich durch das feindliche Heer bis zu Darius durch. Der kann nur mit knapper Not entkommen. Das Unglaubliche wird wahr: Die Perser sind erneut auf der Flucht, der Weg nach Phönizien und Ägypten ist frei.

Nun geht der Marsch weiter nach Süden in das Land der Pharaonen. Die Ägypter leben schon seit zweihundert Jahren unter persischer Fremdherrschaft. Sie begrüßen Alexander als ihren Befreier. An der Nilmündung gründet der König die Hafenstadt Alexandria. Diese Stadt wird nicht nur sein wichtigster Flottenstützpunkt, sondern bald auch ein Mittelpunkt des Welthandels und eine Stätte der Kunst und Wissenschaft. Bis auf den heutigen Tag ist Alexandria eine der größten Städte Afrikas geblieben, wo sich Morgenland und Abendland berühren. Aber der Zug Alexanders geht immer weiter. Jetzt wieder nach Norden und nach Osten, ins Herz des persischen Reiches. Er überschreitet den Euphrat und trifft am jenseitigen Ufer des Tigris erneut auf Darius. Aber auch dessen viele Sichelwagen, pferdebespannt, auf zwei Rädern, mit drohend nach vorn und außen starrenden Sensenklingen an Deichselspitze und Achse, können die Niederlage nicht mehr abwenden. So wird der Weg frei in die Kernlande des persischen Reiches: nach Assyrien, Babylonien und Altpersien.

Aber Alexanders rastloser Geist gibt sich nicht zufrieden. Er ist Eroberer und Herrscher, jetzt will er auch Entdecker werden. So sucht er in gewaltigen Märschen Richtung Osten, durch Wüsten und endlose Gebirgsketten, das märchenhafte Indien, hinter dem, wie man glaubte, die Erdscheibe zu Ende sei. Als er den Indus überschreitet, erwartet ihn die unübersehbare Armee eines indischen Königs. Davor stehen wie eine Mauer Hunderte von Kriegselefanten, die Panzer des Altertums. Aus hocherhobenen Rüsseln schmettern sie gellende Trompetentöne. Und ihre gewaltigen Stoßzähne drohen. Aber durch geschickte Umgehung meistert Alexander auch diese bedrohliche Lage und fällt dem Feind in die von Elefanten entblößte Flanke.

Als Alexander nach achteinhalb Jahren wieder in seine mazedonische Heimat zurückkehrt, hat er insgesamt fast 18.000 Kilometer zurückgelegt, das ist etwa die Hälfte des Erdumfangs. Nun widmet er sich ganz der Ordnung und dem Ausbau seines Riesenreiches. Aber auch immer neue Pläne zur Erforschung der Welt beschäftigen ihn. Da greift ein Stärkerer nach ihm. Inmitten seines rastlosen Schaffens erkrankt er an Malaria. Stumm schreitet das Heer an seinem Krankenlager vorbei. Die Sprache versagt ihm schon. Nur seine Augen grüßen noch die Gefährten. Erst dreiundreißig Jahre alt wird er aus seinem abenteuerlichen Leben abberufen.

Aber noch etwas anderes ist mir wichtig. Weil es uns den Menschen Alexander näher bringt. Von seinen Eroberungen wird Folgendes berichtet: Immer, wenn er eine feindliche Stadt belagerte, steckte er vor den Toren dieser Stadt eine brennende Fackel in den Boden. Dies bedeutete, dass dem Gnade gewährt und das Leben geschenkt wurde, der zu ihm kam, solange die Fackel brannte. War sie abgebrannt, traf alle andern bei der Erstürmung der Stadt unnachsichtige Rache durch das Schwert des Gerichts.

Deine Lebensfackel brennt noch. Wie lange noch, das weißt du nicht. Ein unerwarteter Sturmwind kann sie im Nu ausblasen. Auch die Lebensfackel eines Alexander erlosch verhältnismäßig früh. Darum denke daran, dass einer da ist, der dir heute noch Gnade und Leben anbietet! Was morgen sein wird, entzieht sich deiner Kenntnis. Heute bietet dir Gott noch Gnade an in seinem Sohn Jesus Christus, der auch für dich am Kreuz von Golgatha starb. Darum ruft dir der Heilige Geist zu: „Heute, wenn ihr seine Stimme hört, verhärtet eure Herzen nicht … " (Hebräer 3,7.8); denn: „Es ist furchtbar, in die Hände des lebendigen Gottes zu fallen" (Hebräer 10,31).

Du bist gemeint

Wusstest du schon, dass dein Name in der Bibel steht? – Du machst ein misstrauisches Gesicht?– Doch, er steht da. Dein Name steht in der Bibel. Ganz gewiss, unanfechtbar sicher.

Zunächst will ich dir sagen, was nicht darin steht: dein bürgerlicher Name, mit dem du im Telefonbuch stehst oder im Computer des Einwohnermeldeamts. Nein, der steht nicht da. Da hast du Recht. Aber das ist auch nicht so schlimm. Du würdest mit Recht Zweifel bekommen, ob in den zweitausend Jahren nicht noch andere da waren, die genauso hießen wie du. Oder vielleicht waren es hundert oder fünfhundert oder noch mehr mit dem gleichen Namen. Wer von den vielen ist dann gemeint? Deine ganze Freude, dass dein Name in der Bibel steht, würde dahin sein.

Dein bürgerlicher Name – Horst Schulze oder Ingrid Meyer – steht kein einziges Mal in der Bibel.

Und doch steht dein Name darin. Ja, es kann gar keinen Zweifel darüber geben. Und dieser Name – mag er dir gefallen oder nicht, mag er dir altmodisch vorkommen oder nicht – lautet „Sünder". Aber nun gib Acht! Die Bibel sagt von Jesus Christus etwas Wunderbares: „Dieser nimmt Sünder auf" (Lukas 15,2).

Das ist ein Name, wie er einfacher und treffender nicht sein kann. Niemand kann sagen: „Dieser Name passt für mich nicht!" Doch – er passt. Und wie er passt! Und wie verständlich er ist! Man kann sich nichts anderes darunter vorstellen als einen Menschen, der verloren gehen muss, weil er unter Gottes Zorn steht. Genau das aber ist bei dir der Fall. So steht dein Name in der Bibel. Ganz klar und unmissverständlich.

Was tust du, wenn du in ein Haus willst? Du klingelst oder klopfst an. Die Tür öffnet sich. Dann trittst du ein. Das ist nichts Schweres und Unverständliches. Jedes Kind kann das schon. Genau so mach es auch jetzt! Geh und klopfe an bei deinem Retter! Er tut dir auf. Er nimmt dich an. Und du bist ein Kind Gottes. Das ist alles. Dagegen kann auch der Teufel nichts sagen. Und wenn dir der Böse jetzt zuflüstert: „Du bist zu schlecht! Du kannst nicht zu Jesus gehen! Du musst dich erst bessern! Du bist doch ein Sünder!" Dann tut der Teufel dir ungewollt einen Dienst. Denn du darfst dich unter Gottes heiliges Wort stellen, das von Jesus Christus sagt: „Dieser nimmt die Sünder an." Er stößt dich nicht weg. Nein und tausendmal nein! Er nimmt dich an.

Du hast sicher schon von den Rassenproblemen in den USA, in Südafrika oder sonst wo gehört. Mögen sie der Vergangenheit angehören oder nicht. Jedenfalls gab es dort Schulen, Restaurants und Busse, die nur für Weiße bestimmt waren. Schwarze durften nicht hinein. Für sie gab es andere. Nun nehmen wir einmal das Umgekehrte an. Sagen wir, du befindest dich auf einer Reise durch das innere Afrika. Du bist in einem der vielen Staaten dort und suchst nach beschwerlicher Reise in einem Ort Unterkunft. Du irrst durch die Stadt. Die Luft ist unerträglich heiß und feucht. Deine Glieder sind wie Blei. Und überall an den Hotels siehst du ein Schild mit der Aufschrift: „Nur für Schwarze!" Es wird dunkel. Du bist hundemüde und hast quälenden Durst. Nach stundenlangem Suchen schleppst du dich noch bis zum nächsten Hotel und siehst auf einmal ein Schild mit großen Lettern: „Hier werden Weiße aufgenommen!"

Was wirst du tun? Dumme Frage! Du gehst sofort hinein. „Das Haus ist für mich", wirst du sagen. Aber wie verhängnisvoll wäre es, wenn auf dem Schild eine Anzahl Namen verzeichnet wären, und deiner befände sich nicht darunter! Aber so steht dort einfach „Weiße", und dieses Wort genügt dir völlig. Du suchst eine Herberge. Und hier ist eine solche für Weiße. *Du bist gemeint.* Unzweifelhaft du! Könnte irgendeine Inschrift über der Haustür besser auf dich passen?

Genauso einfach ist das Evangelium. „Sünder", damit bist du gemeint! Du darfst eintreten durch die Pforte dieser Einladung: „Dieser nimmt die Sünder an."

Ein Stück graue Leinwand

Der junge Maler tritt prüfend vor sein Gemälde, an dem er nun schon wochenlang arbeitet. Noch einmal muss die Palette her. Hier noch ein Strich, dort noch ein helleres Blau. Die Rückkehr des verlorenen Sohnes, das ist das großartige Thema seines Bildes.

Nun ist es fast fertig. Fast? Ja, eigentlich schon, denn es ist ja nur noch ein verhältnismäßig kleiner grauer Fleck auf dem Bild, der noch die rohe Leinwand zeigt. Fast fertig? Nein, eigentlich nicht, denn das Wichtigste oder, besser gesagt, der Wichtigste fehlt noch: er, der verlorene Sohn. Alles andere ist fertig und sehr gut gelungen. Hier das prächtige Vaterhaus mit all seinem Schmuck und Reichtum. Die frohen Knechte, die dort arbeiten, das gepflegte Vieh mit seinen munteren Jungen, die wogenden Kornfelder und die Blumen am Wegesrand. Und dort im Hintergrund die stille, weite Landschaft mit den bewaldeten Bergen und darüber das lichte Blau des Himmels. Aber vor allem die Ehrfurcht gebietende und doch eine unbeschreibliche Güte ausstrahlende Gestalt des Vaters beherrscht das Bild.

Der Vater steht vor dem Haus. Man kann es seinen Gesichtszügen ablesen, dass er lange auf jemand gewartet und oft vom großen, flachen Dach seines Hauses aus nach jemand Ausschau gehalten hat. Und nun hat er ihn gesehen, ist in seiner großen Freude vor das Haus gelaufen und blickt auf – ja, noch auf keinen, nur auf eine graue, freie Stelle. Dorthinein gehört der verlorene Sohn. Aber noch ist er nicht gemalt. Warum eigentlich nicht? Nun, unser Maler hat schon seit langem ausgeschaut nach einem jungen Mann, der ihm Modell sein könnte für den verlorenen Sohn. Aber bis jetzt hat er den Richtigen noch nicht gefunden. Denn er hat eine ganz bestimmte Vorstellung von ihm.

Als er eines Tages die Slums von London durchstreift, da sieht er ihn plötzlich. Selten ist ihm eine derart heruntergekommene menschliche Gestalt begegnet. Zottiges Haar, stoppeliger Bart, unsauber überall, mehr in Lumpen als in Kleider gehüllt, jung und doch schon gebeugt, so steht er da, an eine schmutzige Mauer gelehnt. In seinem ursprünglich feinen Gesicht haben Laster und Leidenschaften ihre unauslöschlichen Spuren hinterlassen. Halb noch ein Junge und doch schon ein Greis. Ein Menschenantlitz, fast bis zur Unkenntlichkeit verunstaltet.

Er hört kaum zu, als der Maler ihn anspricht. Erst als er ihm eine Silbermünze vorhält, kommt etwas Glanz in seine matten Augen. Und dann ist die Abmachung schnell getroffen. Er hat verstanden!

Er soll sich morgen Nachmittag pünktlich um drei Uhr, so wie er ist, bei dem Maler einfinden. Die Anschrift findet er auf der Visitenkarte, und reichliches Essen und ein guter Lohn seien ihm sicher. Zehn Pfund bekommt er sofort, als Vorauszahlung sozusagen.

Schnell vergeht der Tag. Als es am folgenden Nachmittag pünktlich zur verabredeten Zeit klingelt, öffnet der Maler hastig die Tür. Alles hat er vorbereitet. Er freut sich darauf, sein Bild zu vollenden. Aber wer ist das denn? Ein fremder Mann steht vor seiner Tür. Der Unbekannte will zu ihm. Aber doch nicht jetzt! Jetzt will er arbeiten, sein Gemälde fertig stellen. Jetzt wartet er auf einen andern. Er will sich gerade von dem Fremden abwenden, als dieser etwas aus seiner Tasche zieht und ihm vor die Augen hält: eine Visitenkarte mit seiner, des Malers, Anschrift. Nun wird diesem alles klar. Der junge Mann, jene elende Gestalt, die er gestern in den Slums aufgespürt hatte, steht vor ihm. Aber er hat sich neu eingekleidet und gewaschen. Er war beim Frisör, der ihn rasiert und ihm eine ordentliche Frisur gemacht hat. Welch eine Enttäuschung! Der junge Mann aus den Slums hat mit seinem törichten Eifer alles verdorben. So kann ihn der Maler nicht gebrauchen, und ärgerlich knallt er die Tür ins Schloss.

Das unfertige Bild bleibt weiter unfertig. Das Stück graue Leinwand bleibt weiter grau. Die freie Stelle vor dem treuen, guten Vater bleibt weiter frei. Und das alles nur, weil einer, der so kommen sollte, wie er war, nicht kam. Er kam zwar, aber so war es nicht vereinbart. So konnte er nicht angenommen werden.

Weißt du, dass es heute viele Menschen noch genauso falsch machen? Es mag sein, dass du selbst auch in einem unbefriedigenden, verlorenen Zustand bist. Du sehnst dich nach einem reinen, glücklichen Leben. Vielleicht hast du es bisher völlig verkehrt angestellt, aus diesem unseligen Zustand herauszukommen. Anstatt so, wie du bist, zu Jesus, dem Herrn und Heiland, zu kommen, um ihm deine Schuld zu bringen, hast du dir vorher noch Zeit gelassen, dich vielleicht zu bessern. Anstatt alles aufzudecken und dir vergeben zu lassen, wolltest du vielleicht noch irgendwelche eigenen Vorzüge vorweisen können. Wie schade!

So geht es nicht. Der Zugang zu Gott bleibt dir verwehrt. Denn die Vereinbarung zwischen Gott und den Menschen lautet anders. Gottes Sohn ist gekommen, das *Verlorene* zu suchen und zu erretten, und er fordert die schwer Belasteten auf, zu ihm zu kommen (Lukas 19,10; Matthäus 11,28). Ihnen will er Ruhe und Frieden schenken.

Es ist so einfach, ein fröhliches Gotteskind zu werden. Vielleicht ist die graue Stelle auf der Leinwand unseres Bildes gerade für dich noch frei. Fülle sie aus!

**So wie ich bin, so muss es sein;
nicht meine Kraft, nur du allein,
dein Blut wäscht mich von Flecken rein;
o Gottes Lamm, ich komm, ich komm!**

Es begann im Tal Null

Die Geschichte hinterlässt seltsame Denkmäler. In Erinnerung an das Wirken berühmter Männer haben wir glänzende Monumente, oft eindrucksvoller als die Menschen, die sie darstellen. Grabsteine zieren die Schauplätze längst vergangener Schlachten, zeugen von Geburt und Tod der Menschen, dass ihr Ruhm fortlebe. Aber wissen wir, wo das erste Feuer aufflammte? Oder gar wann? Wo steht der Hinweis auf den Ort, an dem das erste Rad entstand? Niemand weiß es. Mit den großen Epochen nimmt es die Geschichte nicht so genau.

Darum ist es auch wenig verwunderlich, dass man die Geburtsstätte des Atomzeitalters heute nur durch ein schäbiges Holzschild mitten in der Wüste von Neu-Mexiko markiert hat. Die Inschrift lautet einfach: „Ground Zero", zu Deutsch: „Tal Null". Aber die Schrift ist nicht gestochen, sondern aufgepinselt. Darunter steht: Rauchen verboten!

Im Sommer 1945 kommt auf einmal Leben in die neu-mexikanische Wüste bei Carrizozo. Lastwagenkolonnen haben sich durch Sand, Steine und dürres Gestrüpp einen Weg gebahnt. Früher hatte man hier Gold gesucht, Gold und Macht. Einige hatten beides gefunden. Andere ließen ihre Gebeine in der Wüste. Der geheimnisvolle Stoff aber, mit dem der Mensch in die Wüste zurückkehrt, ist kostbarer als alles Gold zusammen am Rio Grande. Der Stoff heißt Plutonium.

11. Juli 1945. Techniker beginnen damit, im Tal Null ein dreißig Meter hohes stählernes Gerüst aufzurichten. Zwei Tage später erfolgt die Montage der ersten Versuchs-Atombombe. Physik und Politik haben sich in dem Willen verbündet, den Gegner in die Knie zu zwingen. Die nukleare Bombe, die auf das Stahlgerüst montiert ist, ist das Ergebnis.

Professor Oppenheimer und seine Mitarbeiter legen die Zündung der ersten Atombombe der Welt auf den 16. Juli 1945, 5.30 Uhr, fest. Alle Kontroll-, Foto- und Messposten haben in weitem Umkreis Aufstellung genommen. Die Wissenschaftler liegen in fünfzehn Kilometer Entfernung in Erdbunkern, von denen aus sie die Explosion beobachten wollen. Um 5.00 Uhr beginnt der Funksprechverkehr, der alle Beobachter miteinander verbindet, die Zeitsignale zu geben: noch dreißig Minuten, noch zwanzig Minuten, noch fünfzehn Minuten …

Spannung zerrt an den Nerven der Männer, über deren Forschungsergebnisse die nächsten Minuten entscheiden werden. Obwohl die Wissenschaftler annehmen, dass ihre Berechnungen stimmen, zweifeln sie bis zur letzten Sekunde. Denn jeder von ihnen weiß von den furchtbaren Möglichkeiten, die in der Auslösung einer Kettenreaktion liegen. In den letzten Sekunden vor dem entscheidenden Hebelgriff atmet Oppenheimer kaum noch. Nur mit allergrößter Anstrengung kann er sich aufrecht halten. Aber umbarmherzig tickt der Zeitgeber durch die Mikrophone. 45 Sekunden vor 5.30 Uhr setzt die automatische Zünduhr ein. Jetzt gibt es kein Zurück mehr. Noch dreißig, noch zwanzig, noch zehn Sekunden. Wie endlos lang können Sekunden sein! Und dann künden ein gewaltiger Lichtausbruch – „heller als tausend Sonnen" – und das tiefe Donnern der Explosion, dass die Bombe gezündet hat. Als dann der Feuerball mit ungeheurer Geschwindigkeit anwächst, ruft einer der anwesenden Offiziere aus: „Jetzt haben die Professoren die Kontrolle verloren!" Die Explosionswolke steigt und steigt ... 12.000 Meter hoch. Seit diesen Augenblicken ist unsere Welt nicht mehr dieselbe ...

Als sich Stunden nach der Explosion die ersten Forscher in strahlungssicheren Anzügen zum Tal Null vorarbeiten, gähnt dort ein vierhundert Meter großer Krater. Das mächtige Stahlgerüst ist verdampft. Kein Wunder; denn durch den Zerfall der Plutoniummenge von der Größe eines Apfels wurden 55 Millionen Grad Celsius frei. Das ist rund das 10.000-fache der Temperatur an der Sonnenoberfläche. Die Erde ringsum ist in weitem Umkreis zu grünem Glas zerschmolzen. Noch in 700 Kilometer Entfernung war der aufleuchtende Explosionsblitz sichtbar, und in dem 400 Kilometer entfernten Ort Gallup traf das

Grollen der Explosion nach zwanzig Minuten ein, und die Scheiben klirrten.

Schon sehr bald wird aus dem Versuch bitterer Ernst. Bereits am 6. August 1945 fällt die erste Atombombe auf eine große Stadt: Hiroshima. Der Name dieser japanischen Stadt ist verbunden mit unendlichem Leid und unfassbarem Grauen. Über 200.000 Tote fordert die Bombe. Viele von ihnen wurden nie wieder gefunden. Sie gelten heute noch als vermisst. Verletzte und Krüppel allenthalben, dazu die vielen Todgeweihten, die noch Jahrzehnte später an den Folgen der radioaktiven Strahlung und der geschädigten Erbanlagen sterben müssen. Als dann am 9. August 1945 die zweite Atombombe fällt und die japanische Stadt Nagasaki auslöscht, streckt Japan die Waffen. Der zweite Weltkrieg ist zu Ende.

Seit vielen Jahren lebt die Welt nun mit der Bombe. Und der ersten Atombombe sind viele Tausende gefolgt. Und der waffentechnische Konkurrenzkampf der Staaten geht weiter. Dieser Kampf hat sich immer mehr von der Bombe auf die Trägerrakete mit ihren Mehrfachsprengköpfen verlagert. In den unterirdischen Festungen sitzen die Bomben kalt und weiß wie Gespenster auf den Spitzen der Interkontinentalraketen. Unter ihren weißen Mützen tickt der interkontinentale Tod.

In den letzten Jahren hat sich die Macht der Bombe mehr als vertausendfacht. Aus der Bombe der

Wüste von Neu-Mexiko ist die Wasserstoffbombe geworden. Das bedeutet: Eine einzige H-Bombe hat mehr Vernichtungskraft als tausend Bomben von Carrizozo.

Seit der Explosion der ersten Atombombe ist die Kernbombe kein Geheimnis der Vereinigten Staaten geblieben. Der Atomspion Fuchs verriet die wichtigsten Geheimnisse an die damalige Sowjetunion. Dann ging es rapide weiter. Wie viele selbst verhältnismäßig kleine Länder die Bombe haben – keiner weiß es genau. Das Risiko eines Krieges hat sich vervielfacht. Trotz allen Strebens nach Frieden und Sicherheit. Fieberhaft bemühen sich die Staatsmänner diese politische Kettenreaktion zu stoppen. Friedenskonferenzen hier – Abrüstungskonferenzen dort.

Aber trotz aller Zusammenkünfte weiß keiner, ob nicht insgeheim Vorbereitungen getroffen werden, die schrecklichste Szene im Drama der Menschheitsgeschichte abrollen zu lassen. Genauso, wie das Wort Gottes es voraussagt, wird es eintreffen: „Wenn sie sagen: Friede und Sicherheit, dann kommt ein plötzliches Verderben über sie ... " (1. Thessalonicher 5,3). Und das ist der Grund, weshalb eine solch unerklärliche, unheimliche Angst auf den Menschen lastet. Sie ahnen dumpf, dass etwas Unvorstellbares bevorsteht. Und in der Tat deuten alle Zeichen dieser Zeit darauf hin, dass der Zeiger an der Weltenuhr kurz vor Zwölf steht.

Aber für die Christen ist kein Grund zur Angst vorhanden. Sie gehen mit Riesenschritten der Wiederkunft ihres geliebten Herrn entgegen. Welch ein gewaltiges Ereignis wird das sein, wenn er alle, die ihm angehören, noch vor dem unbeschreiblichen Chaos entrücken und zu sich nehmen wird! Aber welch ein Entsetzen bei den Ungläubigen und den bloßen Namenchristen! Dieser Ablauf der Weltgeschichte ist nicht die Idee von Phantasten oder Sektierern, sondern gründet sich auf die unerschütterlichen Zusagen in Gottes heiligem Wort. Und der Augenblick seines Kommens kann jetzt sein. Darum mach Ernst, wenn du noch nicht sein Eigentum bist! Eile, rette deine Seele!

Ein Kamel und 87 Pianos

Alle paar Tage das gleiche Theater: Vorige Woche kam Prinzessin Anne, gestern Elton John und heute Bill Gates mit Gattin. Der baumlange Bobby stöhnt und steht ein wenig hilflos in der ihn umwogenden Menschenmasse. Vor dem Londoner Warenhaus Harrods eilen die Neugierigen von einem versperrten Eingang zum andern, um ihre Idole in Krawatten wühlen und durch die Auslagen spazieren zu sehen. Denn hier ist das exklusivste Warenhaus Europas. Nach einem Unternehmen in Texas ist es auch das zweitgrößte der Welt. Die Prominenz geht natürlich erst nach dem offiziellen Geschäftsschluss einkaufen. Eigentümer von Harrods ist übrigens der ägyptische Multimillionär Mohamed Al Fayed, Vater von

Dodi und Beinahe-Schwiegervater von Prinzessin Diana. Ihr plötzlicher Tod hatte einst die ganze Welt in den Ausnahmezustand versetzt.

Der riesige, im viktorianischen Stil errichtete Bau hat über sechzig Schaufenster. Die Firma beschäftigt mehrere tausend Leute. Eine erstaunliche Entwicklung, wenn man bedenkt, dass Mr. Harrods vor über hundert Jahren mit einem kleinen Krämerladen anfing, den er von einem bankrotten Freund übernommen hatte. Der überwiegende Teil des Personals arbeitet in den beiden Kelleretagen, die sich weit über die Grenzen des Hauses hinaus in den Stadtteil Knightsbridge ausdehnen. Kilometerweit kann man durch das Labyrinth einer unterirdischen Stadt laufen. Neben den vielen Lagerräumen gibt es eine eigene Backwarenfabrik, eine Schokoladenfabrik, eine Druckerei, eine Färberei und Reinigung und die Zigarettenfabrik, die eine eigene Hausmarke herstellt.

Das Sortiment des Warenhauses ist in über zweihundert Verkaufsabteilungen aufgeteilt, von denen jede einzelne den meisten Fachgeschäften Londons an Auswahl weit überlegen ist. Allein in der riesigen Lebensmittelhalle werden 45.000 unverderbliche Warensorten aus aller Welt angeboten. Lämmer und Schweine werden speziell für Harrods gefüttert. Der die Gesellschaft beaufsichtigende Fleischermeister geht in einem hochgeknöpften viktorianischen Überrock umher und leistet auf seine Weise einen Beitrag zur Tradition des Hauses.

Die Pianoabteilung von Harrods gilt als das größte Klavierfachgeschäft Europas. In welchem Fachgeschäft werden sonst pro Woche 87 Klaviere verkauft? Aber auch Antiquitäten sind zu haben. Ferner Dinnerjacketts aus schwarzer Spitze mit roter oder grüner Seide unterlegt oder ein vergoldetes Essservice oder für die verwöhnte Millionärsgattin aus der Juwelierabteilung des Hauses ein Diamantring von elf Karat für 100.000 Euro oder … oder … Die ausgefallensten Wünsche können erfüllt werden.

Eine besondere Anziehungskraft übt Harrods' Zoo in der zweiten Etage aus. In vielen blitzsauberen Käfigen warten Hunderte von exotischen Tieren auf ihr neues Herrchen oder Frauchen. In einer Vitrine werden dreireihige Perlenketten als letzte Hundemode angepriesen. Ein paar Schritte weiter empfiehlt man, den Vierbeiner mit Schokoladenkeks, Milchdrops oder Pfefferminzpastillen zu beglücken. Vitamintabletten und Spezialarzneimittel versprechen, auch unlustige Haustiere bei guter Laune zu erhalten. Und wer seinem Hund eine besondere Freude bereiten will, der kann ihm alles in einer prächtigen Geschenkpackung präsentieren, die die Aufschrift trägt: „Meinem lieben Hund ein glückliches Leben."

Aber erst nach einem Gang in die Versicherungsabteilung von Harrods kann man sich ungetrübt an seinem soeben erworbenen Schimpansen oder Bärenbaby erfreuen. Sollte der Liebling es dann einmal zu toll treiben und auf der nächsten Cocktailparty die Gäste böswillig ins Bein kneifen, was tut's, man ist ja versichert.

Beispiellos ist auch der Kundendienst dieses Warenhauses. Man darf Wünsche äußern, die andere Unternehmen als Zumutung abweisen würden. Um Mitternacht kann man anrufen und für den Vormittag ein erlesenes Frühstück bestellen und morgens um vier noch getrost drei Flaschen Sprudel hinzubeordern. Tag für Tag, vierundzwanzig Stunden lang, und das 365-mal im Jahr, kann man der Firma seinen Entschluss mitteilen, sich in der Golfschule des Hauses für die nächste Olympiade trainieren zu lassen, das neuste Rennwagenmodell für einige Stunden zu leihen, einen Spanischkurs zu absolvieren, oder auch bitten, Tante Mary beim Umzug nach Honolulu behilflich zu sein und nicht zu versäumen, die gewohnte Apfelsinenmarmelade, Teesorte und Salatsoße an die neue Anschrift zu senden.

Erst die Frage, was die Firma nicht erledige, stoppt die Aufzählung der beiden Herren in Harrods' Pressebüro. Sie überlegen, kommen aber zu dem Schluss, dass ihnen nichts einfalle. Und dann führen sie ein Beispiel an, um zu zeigen, wie weit der Dienst am Kunden geht. Neulich wandte sich die marokkanische Botschaft in London an das Warenhaus. Die Diplomaten waren in großer Verlegenheit. Bei dem bevorstehenden Besuch eines Scheichs wollten sie ihn mit heimatlichen Gebräuchen empfangen. Dazu brauchten sie ein Kamel. Harrods half auch hier. Pünktlich traf in einem Charterflugzeug der höckrige Wüstenbewohner ein, stieg aus seiner riesigen Kiste und trottete ein wenig beleidigt durch den Londoner Verkehr seiner diplomatischen Mission entgegen.

Neckermann macht's möglich, und Harrods macht sogar das Unmögliche möglich, könnte man fast sagen. Möchtest du da nicht, wohlversehen mit einem Lottogewinn aus dem ersten Rang, nach Herzenslust bei Harrods dein Glück kaufen? Ja? – Ich nicht. Und viele andere auch nicht. Denn Jesus, der Herr, sagt: „Auch wenn jemand Überfluss hat, besteht sein Leben nicht in seiner Habe." (Lukas 12,15). Das Leben ist mehr als materieller Besitz. Viele haben sich ihr Leben lang nach bestimmten Dingen gesehnt, und als sie sie sich endlich leisten konnten, erschienen sie ihnen auf einmal viel weniger wert, als sie geglaubt hatten. Und viele, die alles besitzen, was man nur an materiellen Gütern besitzen kann, sind all dessen überdrüssig, sind unzufrieden und leiden an Dutzenden von eingebildeten und wirklichen Krankheiten.

Paulus, der treue und tapfere Streiter seines Herrn, rief sogar aus: „Was mir Gewinn war, das habe ich um Christi willen für Verlust geachtet" (Philipper 3,7). Damit geht er noch viel weiter, weil er erkannt hat, dass nicht nur alle materiellen, sondern auch alle standesmäßigen und geistig-kulturellen Werte gegenüber der Erkenntnis der Person Jesu Christi völlig verblassen. Das kann dir kein Lottogewinn und keine Firma Harrods schenken, dass du glücklich wirst. Das vermag nur Jesus Christus. Und er will, dass du es wirst. Darum öffne ihm dein Herz und lass ihn Einzug halten! Bekenne ihm deine Schuld! Er will sie dir abnehmen.

Und wenn du sein Eigentum geworden bist und ihm folgst, dann gilt auch dir eine Verheißung, die weit über alles hinausgeht, was der menschliche Verstand sich an Schönem und Gutem ausmalen kann: „Was kein Auge gesehen und kein Ohr gehört hat und in keines Menschen Herz aufgekommen ist, was Gott bereitet hat denen, die ihn lieben" (1. Korinther 2,9). Welch unbeschreiblicher Lohn!

Rattengift gefällig?

Hast du schon einmal Rattengift gegessen? Dumme Frage! Jeder weiß, dass Rattengift gefährlich ist. „Aber man muss es doch gegessen haben, um zu wissen, wie es wirkt." Wer so redet, ist genauso unverständig wie einer, der verderbliche Zeitschriften liest und pornographische Videos und Internetseiten anschaut, um zu wissen, was schlecht ist.

Ein Mann, der es im Leben zu etwas gebracht hat und zu hohen Ehren emporgestiegen ist, erzählte einem Freund, wie ihm in früher Jugendzeit ein anderer Junge ein Buch mit sexuell aufreizenden

Bildern gezeigt hat. Er hatte damals das verderbliche Buch nur einige Augenblicke in seinen Händen, aber er würde jetzt die Hälfte seines Besitzes dafür geben, wenn er es nie gesehen hätte. Die Fotos jenes Buches haben ihn, obwohl er sich große Mühe gab, nie wieder losgelassen.

Unkrautsamen geht besonders schnell auf. Er bedarf nicht der Gießkanne und braucht nicht auf gepflügtes Land zu fallen. Das kann dir jeder Bauer und Gärtner bestätigen. Unkraut verbreitet sich unglaublich schnell. Wo es einmal Fuß gefasst hat, bleibt es sehr hartnäckig. Genauso ist es mit dem Gift, das durch schlechte Zeitschriften, Filme und Fotos ausgestreut wird. Es frisst sich tief in Herz und Gedächtnis ein, verbreitet sich schnell und lässt sich kaum ausrotten.

Es geht damit wie mit den Disteln in Australien. Als die Engländer Besitz von Australien genommen hatten, gab es – wie berichtet wird – auf diesem Erdteil keine Disteln. Ein Schotte, der dort Plantagen hatte und seine Nationalpflanze auf seinem Eigentum zu sehen wünschte – die Distel ist nämlich das schottische Wappen –, ließ aus seiner Heimat Distelsamen kommen. Er besäte damit in seinem Garten ein kleines Stückchen. Aber der Wind trug den Samen dieser Disteln weit über das Land. Die Folge ist, dass es heute zahllose Disteln auch in Australien gibt. Üble Hefte, Videos und schmutzige Reden tragen den Samen des Bösen in die Herzen, und dieser Same geht schnell auf, wächst und wuchert.

Es gibt ein göttliches Gesetz, das lautet: „Was der Mensch sät, das wird er ernten" (Galater 6,7). Alle Worte der Menschen sind eine Aussaat, ganz besonders aber die gedruckten Worte. Alle Bilder, die du siehst, alle Bücher, die du liest, sind Samenkörner, die irgendwie aufgehen und heranreifen werden. Wer böse Dinge liest und sich anschaut, wird die Früchte dieses bösen Samens in seinem Leben wieder finden. Ja, er wird „das Verderben ernten", wie Gottes Wort sich ausdrückt (Galater 6,8).

Vor einem Jugendgericht fand eine Verhandlung gegen zwei 15- und 16-jährige Jungen statt. Sie waren wegen Sexualverbrechen angeklagt. Auf die Frage des Richters, was sie denn in so frühem Alter auf die Verbrecherbahn geführt habe, antworteten beide, dass sie im letzten Schuljahr von einem Mitschüler gewaltverherrlichende und Porno-Videos erhalten hätten. So geht es vielen. Zwar sind nicht immer Verbrechen gegen die Allgemeinheit die Folge. Aber das Gift des Bösen frisst sich im Leben des einzelnen unaufhaltsam weiter.

Unser Alltag und vor allem die bei vielen unbewältigte Freizeit mit ihrem pausenlosen Medienterror ist inzwischen so angefüllt mit Sexualität, dass es zum Erschrecken ist. Aus den Federn mancher Schriftsteller ergießt sich eine wahre Flut von niedrigen und gemeinen Schriften und Büchern. Illustrierte, Fernsehen und Internet verbreiten in hemmungsloser Weise Sex, crime und action. Und sie vergiften mit ihren Bildern und Artikeln die Phantasie unzähliger Menschen, vor allem der Kinder und Jugendlichen. Dutzende von Magazinen und Schundschriften richten unübersehbaren Schaden an. Alles dreht sich um die Liebe, aber nicht um wahre Liebe, sondern um nackte Triebhaftigkeit. Die unmittelbare Folge davon sind die überhand nehmenden Sexualverbrechen und Gewalttaten aller Art. Hat es jemals so viele und scheußliche Kinderschändungen gegeben wie heute?

Wir haben unsere Städte zum Teil hervorragend herausgeputzt. Und wir geben uns sehr viel Mühe, dass sie auch äußerlich sauber bleiben. Fast überall besteht eine vorbildliche Abwasserbeseitigung. Aller Unrat und alles Schmutzwasser wird durch die unterirdische Kanalisation geleitet. Es gibt gesetzliche Bestimmungen darüber. Abwassergräben und Sickergruben sind verboten. Aber auf anderen Gebieten sind die gesetzlichen Bestimmungen weitgehend aufgehoben. Infolgedessen ergießt sich ein anderer, viel schlimmerer Dreck in Form von Filmen und Bildern völlig ungehindert über Stadt und Land. Die Folge ist eine immer mehr um sich greifende moralische Auflösung unserer Gesellschaft. Genau das trifft ein, was Jesus prophezeit hat, wenn er sagt: „Denn wie die Tage Noahs waren, so wird die Ankunft (Wiederkunft) des Sohnes des Menschen (Jesus Christus) sein" (Matthäus 24,37). Die gleiche moralische Entartung wie damals wird sich unmittelbar vor dem Ende der Geschichte wiederholen. Das Unnormale ist weitgehend schon normal geworden. Und das Normale droht bald schon die Ausnahme zu sein. So ist der um sich greifende sittliche Verfall ebenfalls ein sicheres Zeichen für die Endzeit.

Und du, der du dies liest? Vielleicht bist du auch unmittelbar betroffen. Angeregt durch die vielen Versuchungen um dich her suchst auch du irgendeine sündhafte Befriedigung. Was du dann schließlich herausfindest ist, dass du genauso unglücklich bist wie zuvor oder gar mehr denn je. Und daraus folgt, dass du Ausschau hältst nach neuen Möglichkeiten, nach anderen Erlebnissen. Dabei geht es dir wie einem Rauschgiftsüchtigen. Er muss die Dosis stets verstärken. Damit die gewünschte Wirkung erreicht wird. Deshalb ist das Leben des an die Sünde Gebundenen eine einzige Qual. Von der Sucht einerseits und von Schuld- und Reuegefühl andererseits hin- und hergerissen, wirst du immer unbefriedigter. Und wenn es so weitergeht, dann macht dich die geschwächte nervliche und physische Verfassung unfähig, das Übermaß der Belastungen zu ertragen. Du musst zusammenbrechen. Du wirst das „Verderben ernten". Auch der strahlende Playboy oder die lächelnde Sexbombe sind in Wirklichkeit nur ausgebrannte Ruinen, die ihr Lächeln, ja oft ihr Leben für teures Geld verkauft haben. In Wahrheit sind sie – wie selbst eine Artikelserie einer Illustrierten zugeben musste – tief unglücklich und verbringen ihre traurigen Tage nicht selten in einer Anstalt oder begehen Selbstmord. Deshalb mahnt Gottes

Wort: „Irrt euch nicht! Weder Hurer (Unzüchtige) noch Götzendiener, noch Ehebrecher, noch Weichlinge (Lustmolche, Playboys) noch Knabenschänder ... werden das Reich Gottes erben." (1. Korinther 6,9).

Aber wer kann mir helfen, wo ist die Befreiung für mich? So fragst du. Jesus Christus traf einst am Jakobsbrunnen bei Sichar eine Frau, die sexuell schwer gebunden war. Er hatte ihr manches zu sagen. Aber was war das Wichtigste? Dieses Wort: „Wenn du die Gabe Gottes erkenntest ..." (Johannes 4,10). Das war es, was sie freigemacht hat. Diese unaussprechliche Gabe Gottes ist Jesus selbst. Er ist der Erretter, der Befreier. Er will auch dich freimachen. Er allein kann dir das schenken, wonach dein unstetes Herz sich sehnt.

Wenn du sprudelndes, frisches Quellwasser hast, dann wirst du die trübe Brühe aus einem verseuchten Tümpel nicht mehr trinken. Deshalb hat es dir bisher auch nicht weitergeholfen, wenn man dir nur immer wieder sagte, was du nicht darfst und was du nicht sollst. Moralpredigten befreien nicht. Du musst etwas Besseres, ja das Beste haben. Bisher hast du – bildlich gesprochen – versucht, deinen Durst mit Wasser aus unsauberen Pfützen zu stillen. Aber du bist immer unbefriedigter geworden. Darum lass dir die frische Quelle zeigen! Diese wahre Lebensquelle ist Jesus, der auch dein Herr und Heiland werden will. Ach, wenn auch du die Gabe Gottes erkenntest!

Komm doch zur Quelle des Lebens,
durstig und müde und matt;
komm, denn es ist nicht vergebens,
hier wirst du ruhig und satt!
Eile dorthin! Warum verziehn?
Ew'ger Gewinn stehet hier auf dem Spiel.
Hier ist die Quelle des Lebens;
das sei dein ewiges Ziel!

Paris existiert nicht mehr

„Um 17.00 Uhr wurde eine H-Bombe auf Paris abgeworfen. Sie explodierte in fünfhundert Meter Höhe. Knapp eine Sekunde später hatte Paris aufgehört zu existieren."

So steht in dem Buch eines bekannten Schriftstellers unserer Tage zu lesen. Sein Buch trägt den Titel: „Keiner kam davon". In ihm malt der Autor seinen Lesern ein Schreckensbild, das andere vor ihm und nach ihm in ähnlich grausigen Farben geschildert haben.

Als am 16. Juli 1945 über der Wüste von Neu-Mexiko ein Licht aufleuchtete, das heller war als tausend Sonnen, rief einer der Beobachter aus: „Hilfe, jetzt haben wir die Kontrolle verloren!" Und seit am 6. August desselben Jahres über Hiroshima die erste todbringende Atomwolke wie ein drohender und mahnender Zeigefinger zum Himmel wies, hat uns die Furcht vor der neuen Geißel der

Menschheit nicht mehr verlassen. Ein Krieg mit Atomwaffen würde Schrecken verbreiten, gegen die alles in der langen Menschheitsgeschichte überwundene Grauen verblassen müsste. Zahlreiche Schriftsteller unserer Zeit haben sich mit diesem makabren Thema befasst. Einige Titel dieser Literatur des Untergangs lauten: „Keiner kam davon" – „Leb wohl, kleine Welt" – „Furcht" – „Es wird keine Zeit mehr sein" – „Nach dem Untergang – was dann?" – „Der Krieg und die Bombe".

Aber keine menschliche Phantasie wird an die grauenhafte Wirklichkeit atomarer Vernichtung heranreichen. Denn Atomwaffen töten und zerstören vierfach. Wer die glühende Hitzewelle überlebt, die blitzschnell erbarmungslos zupackt, den trifft durch Mauern und Panzer hindurch die radioaktive Anfangsstrahlung, die in Sekundenbruchteilen die Zellen in seinem Körper zerstört. Wer beides durch glückliche Umstände übersteht, der wird von der ungeheuren Druckwelle zerschmettert, dem zerreißt sie die Lungen, den schleudert sie wie mit einer Riesenfaust davon. Aber danach kommt der Tod ein viertes Mal in besonders grausiger Gestalt: unsichtbar, nicht zu greifen, nicht zu spüren, nicht zu riechen, nicht zu schmecken, unhörbar. Die Sinne des Menschen versagen diesem Tod gegenüber. Noch gibt es in der Umgebung der Todeszone Häuser, noch stehen weit genug vom Detonationspunkt entfernt Bäume, noch fließen Flüsse und Bäche. Aber die gespenstischen Todesstrahlen des atomaren Niederschlags haben schon ihr mörderisches Werk vollbracht. Kein einziges Haus gibt den Menschen Schutz vor den radioaktiven Strahlen. Die Bäume tragen verstrahlte Früchte, die Wasser der Flüsse und Bäche bringen den Dürstenden keine Linderung, sondern den heimtückisch schleichenden, qualvollen Tod.

Eine der größten menschlichen Geistestaten, die Entdeckung der Spaltbarkeit des Atoms, scheint in Wahrheit zum Fluch der Menschheit zu werden. Aber die Hölle von Hiroshima ist noch nicht der Schlimmste der Schrecken, die im Dunkel der Zukunft lauern. Die Bombe von Hiroshima nennt man heute eine „kleine Bombe". In der damaligen Sowjetunion wurde im arktischen Eis der Insel Nowaja Semlja eine Bombe gezündet, die eine Sprengkraft hatte, die der von über 65 Millionen Tonnen herkömmlichem Sprengstoff entsprach, und damit eine Energiestärke von 3.250 Hiroshima-Bomben.

Auf keinem Gebiet ist der Mensch erfinderischer als auf dem des Einander-Umbringens. Schon vor vielen Jahren lagerten Zehntausende atomarer Sprengköpfe in den Arsenalen der Atommächte. Und die Zahl der Staaten, die über die Bombe verfügen, hat sich seit Hiroshima in nicht für möglich gehaltenem Umfang vermehrt. Trotz des weltweiten Strebens nach Frieden und Sicherheit, trotz aller Nichtangriffspakte und der Bemühungen der Vereinten Nationen steht die Menschheit unablässig am

Rand des Abgrunds. Die Auslösung der Vernichtungsmaschinerie auf Grund eines Versehens rückt durchaus in den Bereich des Möglichen. Hinzu kommt die ständige nukleare Bedrohung durch Terroristen.

Wer daher die Schrecken eines Atomkrieges beschreibt, ist kein Pessimist, kein Schwarzseher, der aus boshafter Freude anderen die Ruhe rauben will. Es sind auch keineswegs nur Schriftsteller, die Bilder künftigen Grauens vor uns ausbreiten. Es gehören auch nüchterne, exakt rechnende Menschen dazu, die Fachleute der Vernichtung: die Militärs.

So wurde in den USA mit allen Hilfsmitteln der modernen Technik und Wissenschaft unter allen überhaupt möglichen Gesichtspunkten durchgerechnet, wie ein einziger geballter Atomangriff auf die Vereinigten Staaten aussähe, welche Folgen er hätte. „Der Tag, an dem der Krieg beginnt", war ein milder, ruhiger Herbsttag. Der Tag danach war der Tag der Bilanz, einer Bilanz unvorstellbarer Zerstörung.

Militärs und Regierungsstellen hatten vorher errechnet, was ein Angreifer unternehmen müsste, um die USA entscheidend zu treffen. Zumindest mussten 224 verschiedene Ziele – Städte, Industriegebiete, Verkehrsknotenpunkte und militärische Anlagen – von atomaren Interkontinentalraketen getroffen werden.

An diesem „Tag, an dem der Krieg beginnt", gab es in den USA 19,7 Millionen Menschen, die den nächsten Tag, den der Bilanz des Schreckens, theoretisch nicht mehr erlebten. Weitere 22,8 Millionen Amerikaner wurden an diesem einen Tag so schwer verwundet, dass sie unweigerlich sterben würden. 42,5 Millionen Tote also durch die Wirkung eines einzigen Atomkriegstages. Auf die Überlebenden aber, darunter 40,2 Millionen durch Strahlung, Verbrennung und Explosionsdruck Verwundete, wartete das Chaos: Millionen von Wohnungen zerstört, Verkehrsverbindungen zerrissen, Nahrungsmittel und Wasser verseucht, zerstörte Krankenhäuser, in denen keiner der Verwundeten hätte Hilfe finden können.

Das war die Bilanz, die nüchterne Fachleute zogen, Wissenschaftler aus den Forschungsabteilungen der amerikanischen Luftwaffe, des Heeres und der Marine, Meteorologen, Fachleute des Bundesamtes für Zivilverteidigung, Verwaltungsbeamte, Verkehrstechniker und Kommunalpolitiker. Nur in den USA 42,5 Millionen Tote durch einen Atomkriegstag. Das sind mehr Tote, als der gesamte zweite Weltkrieg unter allen Völkern gefordert hat. Und wenn man an die 600.000 Toten denkt, die im zweiten Weltkrieg der Luftkrieg unter der deutschen Zivilbevölkerung forderte, muss uns selbst diese an sich grausige Zahl verschwindend klein vorkommen. Zugegeben, vielleicht haben sich die amerikanischen Fachleute um einiges verrechnet. Aber dann könnten sie sich um dieses Wenige auch nach unten verrechnet haben, sodass die Bilanz noch um ein paar Prozent grauenvoller wäre.

Ein bekanntes evangelistisches Buch trägt die Überschrift „Welt in Flammen". Dieser Titel wird sich einmal buchstäblich erfüllen. Einst weigerten sich die Spötter zu Noahs Zeiten, an die Flut zu glauben, vor der er sie vergeblich gewarnt hatte. Sie kamen alle um. Niemals wieder wird die Erde durch eine Sintflut überschwemmt werden (vgl. 1. Mose 9,12-15). Aber sie wird durch Feuer vernichtet werden, wird eine „Welt in Flammen" sein. Gottes Wort bezeugt: „Durch welche die damalige Welt, von Wasser überschwemmt, unterging. Die jetzigen Himmel aber und die Erde sind durch dasselbe Wort aufbewahrt für das Feuer, behalten auf den Tag des Gerichts und des Verderbens der gottlosen Menschen" (2. Petrus 3,6.7). Diesem Gericht wird niemand entfliehen, ausgenommen diejenigen, die ihre Zuflucht zu Jesus Christus genommen haben. Er, der Sohn Gottes, ist für sie durch die tiefen Wasser des Todes gegangen und auch dem Feuer des göttlichen Gerichts begegnet.

Heute ist dieser Bergungsort, diese Arche noch vorhanden. Darum ruft er in seinem Wort jedem zu, der noch nicht errettet ist: „Sucht den Herrn, solange er zu finden ist; ruft ihn an, solange er nahe ist! Der Gottlose lasse von seinem Weg und der Übeltäter seine Gedanken und bekehre sich zum Herrn, so wird er sich sein erbarmen, und zu unserem Gott; denn bei ihm ist viel Vergebung" (Jesaja 55,6.7).

Der Fassadenkletterer

Hupende Autos – Schimpfworte fliegen hin und her – Trillerpfeifen der Polizei. Nur mit Mühe gelingt es den Uniformierten, die Massen von der Fahrbahn zurück auf die überquellenden Bürgersteige zu drängen. Aber heute ist im Stadtzentrum von Los Angeles, der pulsierenden Vierzehnmillionen-Stadt Südkaliforniens, auch wieder etwas Besonderes los. Gegenüber einem der größten Warenhäuser der Stadt drängen sich Tausende aufgeregter Menschen. Alle sehen sie auf die hohe, abgesehen von den Fensterreihen glatte Fassade des Warenhauses.

Ein Fassadenkletterer hat auf einem Plakat angekündigt, dass er an diesem Tag zu einer festgesetzten Zeit das Warenhaus ohne Hilfsmittel bis zum Dach erklimmen werde. Nun stehen sie dort wie die Trauben. Ungeduldig warten sie auf die große Sensation. Viele in der Menge schauen wieder und wieder auf die glatte hohe Wand und schütteln wortlos den Kopf. Andere fuchteln mit den Armen, um ihrem zweifelnden Nachbarn klarzumachen, welchen Weg der Klettermaxe für seine waghalsige Besteigung voraussichtlich nehmen wird.

Endlich ist es so weit. Ein junger, drahtiger Bursche im engen hellblauen Trainingsanzug, der weithin auffällt, taucht auf. Und langsam und vorsichtig beginnt er mit der Besteigung der Wand. Wer ein Fernglas hat, sieht den Gesichtszügen des Kletterers an, dass es für ihn die normale Art zu sein scheint, auf das Dach eines hohen Warenhauses zu gelangen. Schon schwingt er sich auf eine Fensterbank. Dann steigt er über einen nur ganz wenig hervorstehenden Ziegelstein weiter auf ein schmales Sims. So steigt er Stück für Stück in die Höhe, gespannt verfolgt von den Blicken unzähliger Menschen. Das Unglaubliche scheint Tatsache zu werden. Schon nähert er sich dem Dach. Man kann deutlich sehen, wie der Mann die Wand über sich rechts und links abtastet, um wieder etwas zu finden, das fest genug ist, seinen Körper zu halten und ihm weiterzuhelfen. Da scheint er etwas erspäht zu haben, das wie ein graues Stück Zementputz oder wie ein hervortretender, verblichener Ziegelstein aussieht. Er streckt sich weit danach aus, kann es aber nicht erreichen. Atemlos starrt die Menge nach oben. Vielen läuft es eiskalt über den Rücken. Der Mann dort oben zögert einen Augenblick. Dann führt er eine blitzschnelle Bewegung aus, um mit einem leichten Ruck nach dem vermeintlichen Vorsprung im Gemäuer zu greifen, und – stürzt im selben Moment vor den schreckerstarrten Augen der Zuschauer ab. Mit dumpfem Laut schlägt er zerschmettert auf dem Boden auf. In seinen Händen findet man ein Knäuel graues Spinngewebe. Was er offensichtlich für einen tragfähigen Stein gehalten hat, war in Wirklichkeit nur ein leeres, vertrocknetes Nichts.

Wie viele Menschen gleichen in ihren religiösen Vorstellungen diesem Fassadenkletterer! Sie versuchen auf Grund eigener Anstrengungen und

Überlegungen den Himmel zu erreichen. Sie glauben, nach ihrer eigenen Fasson selig werden zu können, oder sie leben nach dem Motto: „Tue recht und scheue niemand!" Aber sie werden am Ende die bittere Erfahrung machen, dass sie sich nur auf ein Spinngewebe verlassen haben und dass sie für ewig verloren sind. Du lächelst vielleicht über solche, wie du meinst, „veralteten Ansichten". Aber täusche dich nicht! Das untrügliche, heilige Wort Gottes, das noch bestehen wird, wenn alles Sichtbare vergangen ist, bestätigt es. Es sagt von solchen, die sich ihre eigenen Gedanken über den Weg ins Himmelreich machen: „Sie weben Spinngewebe ... ihr Gewebe taugt nicht zur Bekleidung, und mit ihrem Gewirke kann man sich nicht bedecken ... " (Jesaja 59,5.6).

Darum setze deine Zuversicht und Hoffnung nicht auf ein Spinngewebe, das nicht halten kann. Das unweigerlich zerreißt. Setze deine Hoffnung nur auf Gottes Sohn, den Herrn und Heiland Jesus Christus, der auch für deine Sünden am Kreuz starb. Nicht ein Spinngewebe, sondern „Christi Blut und Gerechtigkeit, das sei dein Schmuck und Ehrenkleid". Er ist allein der Fels, der dich tragen kann. Auch durch Stürme und sogar durch den Tod hindurch. Er allein hält dich fest und will dir hier schon ewige Sicherheit und Freude schenken. Möchtest du doch ausrufen und von Herzen froh bekennen: „Nur er ist mein Fels und meine Rettung" (Psalm 62,2)! Darum spinne keine Spinngewebe mehr, damit es nicht später von dir heißen muss: „Seine

Zuversicht vergeht, und seine Hoffnung ist ein Spinngewebe" (Hiob 8,14).

Unbezahlte Rechnungen

Ein wohlhabender Großgrundbesitzer in Irland, der ein treuer Christ war, hat den auf seinen Gütern beschäftigten Leuten einst eine sehr originelle und eindrucksvolle Predigt gehalten. Eines Tages lässt er an den wichtigsten Plätzen seiner weiten Ländereien Bekanntmachungen aushängen, die folgenden Wortlaut haben:

„Am kommenden Montag bin ich in der Zeit von zehn bis zwölf Uhr im Büro meines Landhauses anzutreffen. In dieser Zeit bin ich bereit, alle Schulden meiner Landarbeiter zu bezahlen. Die unbezahlten Rechnungen sind mitzubringen."

Tagelang ist diese Bekanntmachung Gesprächsstoff Nummer eins unter den Landleuten. Wo man auch hinkommt, überall spricht man über dieses außergewöhnliche Angebot. Einige halten es für einen üblen Schwindel. Andere sagen: „Da ist irgend ein Haken dabei." Wiederum andere sind sogar der Überzeugung, dass der Gutsbesitzer verrückt geworden ist. Wer hat je gehört, dass ein vernünftiger Mensch solch ein Angebot macht?

Als der festgesetzte Tag anbricht, kann man aber doch zahlreiche Leute beobachten, die sich auf den Weg machen. Und als es schließlich zehn Uhr schlägt, hat sich eine große Menge vor der Tür zum Büro eingefunden. Genau auf die Minute fährt der Großgrundbesitzer mit seinem Sekretär vor, verlässt den Wagen, und ohne irgendein Wort zu verlieren, betritt er sein Büro und macht die Tür hinter sich zu. Jetzt beginnt draußen eine erregte Diskussion. „Ist nun etwas dran oder nicht? Ist die Bekanntmachung wirklich ernst gemeint, oder will er uns zum Narren halten? Vielleicht will er nur diejenigen an der Nase herumführen und demütigen, die ihm ihre Verschuldung offen darlegen." Andere wiederum weisen darauf hin, dass es unzweifelhaft seine eigenhändige Unterschrift ist, die unter der Bekanntmachung steht. Sicherlich würde er seinen eigenen Namen nicht missbrauchen und damit für alle Zukunft unglaubwürdig machen.

Aber eine ganze Stunde vergeht. Und nicht einer ist eingetreten, um seine unbezahlten Rechnungen vorzuweisen. Und wenn einer dem andern den Rat gibt, es doch einmal zu versuchen, dann bekommt er nur ärgerlich zur Antwort: „Ich bin doch nicht so verschuldet wie du. Ich habe es nicht nötig. Probiere du es doch erst einmal!" So verrinnt die kostbare Zeit.

Schließlich, als es schon halb zwölf ist, kommt Arm in Arm ein altes Ehepaar herbei, das an der äußersten Grenze der Ländereien wohnt. Der alte Mann hält ein Bündel Rechnungen fest in seiner Linken. Mit zitternder Stimme fragt er den ersten Besten:

"Stimmt es, Nachbar, dass der Gutsherr allen denen die Schulden bezahlt, die jetzt kommen?" Und die höhnische Antwort, die er erhält, lautet: "Bis jetzt hat er noch nichts bezahlt." Und ein anderer fügt schnell hinzu: "Wir glauben, es ist alles nur ein übler Scherz." Als die beiden alten Leutchen das hören, füllen sich ihre Augen mit Tränen, und die Frau sagt halb vor sich hin: "Und wir glaubten, es ist wahr; wir freuten uns schon, ohne Schulden sterben zu können."

Schon wollen sie sich betrübt wegwenden, als ihnen jemand zuruft: "Noch hat es ja keiner versucht. Warum geht ihr nicht hinein? Wenn er eure Rechnung bezahlt, dann kommt schnell wieder heraus, damit wir auch hineingehen!" Und die beiden nehmen den Gutsherrn beim Wort. Ein wenig furchtsam öffnen sie die Tür und betreten das Büro. Dort heißt man sie herzlich willkommen. Als Antwort auf ihre besorgte Frage, ob die Bekanntmachung denn stimme, sagt der Sekretär: "Glauben Sie denn, der Gutsherr würde Sie betrügen? Nur her mit ihren unbezahlten Rechnungen!" Sie zeigen sie alle vor. Die Beträge werden addiert, und über die Gesamtsumme erhalten sie einen vom Gutsherrn unterzeichneten Scheck.

Überströmend vor Dankbarkeit wollen die beiden das Büro verlassen, als man ihnen sagt: "Nein, bitte bleiben Sie noch eine Weile hier sitzen! So lange noch, bis um zwölf Uhr das Büro geschlossen wird." Sie erwidern, dass doch die vielen draußen darauf warten, dass sie herauskommen, um zu hören, dass das Angebot wahr ist. Aber der Gutsherr bleibt bei seinem strikten Nein und sagt: „Sie haben mich beim Wort genommen, und die da draußen müssen das Gleiche tun, wenn ihre Schulden bezahlt werden sollen." So verrinnen die wertvollen Minuten. Die Menge draußen schaut unruhig zur Tür. Aber keiner wagt es, die Klinke herunterzudrücken und ebenfalls einzutreten. Schließlich um zwölf Uhr kommt das alte Ehepaar strahlend heraus. „Hat er Wort gehalten?" So schallt es ihnen aus dem Gedränge entgegen. „Ja, seht nur, Nachbarn, hier ist der Scheck, er ist bares Geld wert!" – „Warum seid ihr denn nicht gleich wiedergekommen und habt es uns gesagt?" So und ähnlich fragt man sie ärgerlich. „Er sagte uns, wir müssten drinnen warten, und ihr müsstet so wie wir kommen und ihn beim Wort nehmen."

Kurz darauf treten der Gutsherr und sein Sekretär aus dem Haus und eilen zu ihrem Wagen. Sie werden von der Menge umdrängt. Überall hält man ihnen unbezahlte Rechnungen entgegen. Einige rufen ihnen ungeduldig zu: „Wollen Sie denn unsere Rechnungen nicht ebenso begleichen wie die von jenen Leuten?" Aber indem er in seinen Wagen steigt, sagt der Gutsherr: „Jetzt ist es zu spät. Ihr hattet reichlich Zeit und Gelegenheit. Ich hätte alle eure Schulden bezahlt, aber ihr glaubtet es ja nicht." Dann benutzt er die Gelegenheit und vergleicht die Ereignisse an diesem Morgen mit der Art und Weise, wie viele Menschen Gottes Angebot verachten. Jenes Angebot nämlich, ihnen alle Sünden zu vergeben, wenn sie zu Jesus Christus, dem gekreuzigten und auferstandenen Sohn Gottes, ihre Zuflucht nehmen. Zu Jesus, dem Herrn und Heiland, der allein Sündenschulden vor Gott bezahlen kann und will. Und er warnt seine Leute mit feierlichem Ernst davor, nicht so töricht zu sein, ein so großes Angebot Gottes gering zu achten und die schnell vorübereilende Zeit zu versäumen.

Ich denke, alle seine Leute haben diese eindrucksvolle Predigt verstanden. Aber das Wort des Gutsherrn, auch wenn er ein ehrlicher Mann war, blieb doch immer Menschenwort. Wie viel ernster aber ist es, wenn du *Gott* nicht beim Wort nimmst und seine Warnung und sein Angebot in den Wind schlägst! Oder wenn du gar an seinem Wort Kritik übst oder es nicht wahrhaben willst, dass die Bibel Gottes Wort ist, weil dieses heilige Wort dir unbequem ist. Jesus Christus spricht von solchen: „Ich habe es euch gesagt, und ihr glaubt nicht" (Johannes 10,25). Welch traurige Feststellung, die alle Zweifler, Kritiker und Gottesleugner, aber auch alle Gleichgültigen angeht: „Ihr glaubt nicht"! – Glaubst *du* seinem Wort?

Der Traum der Gitta Müller

Kennst du eigentlich Gitta Müller? – Nein? – Nun, dann will ich sie dir vorstellen. Zunächst möchte ich dir sagen, wer sie nicht ist. Sie ist nämlich nicht eine bestimmte, leger aber modern gekleidete und nach der neusten Haarmode frisierte junge Dame, die auf den schlichten Namen Gitta Müller hört. Gitta Müller soll nur der Sammelbegriff für die breite Masse sein. Sie ist der Durchschnittsverbraucher der Massenmedien Film, Funk, Fernsehen. Und du findest sie an den Kiosken der Regenbogenpresse. Und natürlich auch in den Musik- und Soundshops, wo sie die neuste CD ihrer Band kauft.

Gitta ist viel umworben. Alle richten sich nach ihr – der Filmproduzent, der Schlagersänger, die gesamte Werbung. Denn alle haben sie es auf ihr Geld abgesehen. Da kann sie einfach nicht widerstehen. Und sie erhalten es auch. Denn auf unzähligen Fotos und auf grellbunten Titelseiten wird Gitta Müller angelächelt. Ach, was sage ich: „angelächelt", ange*strahlt* wird sie. Woche für Woche angestrahlt mit dem glücklichsten Lächeln der Welt. In immer neuen Posen. In makelloser Schönheit. Immer angelächelt von ihrer Diva oder ihrem knallharten Schauspieler, den sie verehrt. Und das Lächeln, das ihr am besten gefällt, hängt fein säuberlich ausgeschnitten über ihrem Bett.

Wen wundert es denn dann noch, wenn Gitta Müller glaubt, nun genauso aussehen zu müssen wie das Covergirl oder wie ihre Diva auf der Mattscheibe? Und wer hat denn Grund zur Aufregung, wenn junge Männer glauben, nun ebenso krächzen zu müssen wie ihr Schlagermillionär? Das geschieht oft unbewusst und ist ebenso albern wie verbreitet.

Ja, nur einmal eine so glückliche Diva sein, nur einmal in die Haut eines vielbewunderten und angebeteten Stars schlüpfen können! Das ist ihr Wunsch. Aber leider, leider, das ist nicht möglich.

Und dann ist da so manches, das Gitta einfach verdrängt: „Sexbombe Nr. 1 tot". Unter solchen und ähnlichen Überschriften konnte man über den Selbstmord der weltberühmten amerikanischen Filmschauspielerin Marilyn Monroe lesen. Marilyns Haushälterin hatte die erst 36-jährige Diva nach Einnahme einer Überdosis Schlaftabletten leblos in ihrer luxuriösen Wohnung aufgefunden. Zwei sofort herbeigerufene Ärzte konnten nur noch den Tod feststellen. Unzählige schwärmten für die Monroe. Ihr Bild mit dem strahlenden Lächeln hing in vielen Mädchenzimmern und an den Kleiderspinden der Soldaten. Aber als der Hollywoodstar im Memorial Park, dem Prominentenfriedhof von Los Angeles, beigesetzt wurde, folgten nur ganz wenige dem Sarg: ihre Friseuse, ihr Garderobier, ihr zweiter Mann, der Baseballspieler Joe Dimaggio und einige andere. Kein einziger Filmstar war in dem kleinen Trauerzug zu sehen. Robert Wagner, selbst Held zahlreicher Filme und kurz vorher von dem Star Natalie Wood geschieden, sprach für sie alle, wenn er sagte: „Wir meiden den Friedhof, so lange wir können. Wir alle haben Angst – vor dem Friedhof und vor Hollywood!"

Elvis Presley war ebenfalls einer der beühmtesten Stars. Als Rocksänger gelangte er zu Weltruhm und war unermesslich reich. Er starb 15 Jahre nach der Monroe im Alter von erst 42 Jahren. Sein Grab in Memphis/Tennessee gleicht heute noch einer „Wallfahrtsstätte". Elvis starb an Fettsucht, Depressionen und unmäßigem Medikamentenmissbrauch. Seine Leibwächter erinnern sich: Er nahm den ganzen Tag Pillen. Pillen gegen Körpergeruch, gegen Kopfschmerzen, Pillen zum Schlafen und zum Aufputschen, Pillen für braune Haut und Marihuana gegen seine Depressionen. Unter seinem bunt glitzernden Seidenhemd trug er eine Bleiweste. Er hatte Angst, immer Angst, trotz Bewachung. Gitta, lass dich fragen: Ist das ein erstrebenswertes Leben?

Über das glänzende Elend der Idole könnte man Bücher schreiben in Fortsetzung, Band eins, Band zwei und so weiter. Denn Monroe und Presley sind nur Glieder in der langen Kette der bedauernswerten und verzweifelten Stars.

Diese unsagbare innere Leere, das tief in ihnen nagende, nie zur Ruhe kommende Gewissen hat bei ungezählten Sternen und Sternchen, Schauspielern, Models und Sängern zu absoluter Hoffnungslosigkeit geführt. Und auf die Verzweiflung folgte oft nur Selbstmord. Wir übergehen die vielen tieftraurigen Ereignisse seit Monroe und Presley und machen einen zeitlichen Sprung. Hin zu dem jungen Mann, der wie kein anderer mit seinem Sound die Neunziger Jahre geprägt hat: der US-Amerikaner Kurt Cobain. Er war Band-Leader der weltbekannten Rockgruppe „Nirwana". Einer seiner Titel trägt den unheimlichen Titel „I Hate Myself and I Want to Die". Und er macht es wahr. Auf der Erfolgsleiter des Ruhmes bereitet er mit 27 Jahren seinem Leben ein Ende. Der mtv-Kanal unterbricht für Stunden seine Sendung. Ein Zeichen der Trauer – so schrieb die Zeitschrift TIME – die nur mit der Trauer nach dem Mord am amerikanischen Präsidenten John F. Kennedy vergleichbar war. So steht auch Cobain mit seinem frühen Tod in einer Reihe mit vielen anderen Rockstars wie Jimi Hendrix, Janis Joplin und Jim Morrison. Macht dich das nicht nachdenklich, Gitta?

Das Leben vieler Stars ist durch Scheidungen, Skandale, Nervenzusammenbrüche und Selbstmordversuche gekennzeichnet. Manche von ihnen sind häufiger beim Psychiater als im Atelier.

Aber schließen wir dieses düstere Kapitel. Es ließe sich noch beliebig fortsetzen. Gitta Müller kennt ja nur die glänzende, stets lächelnde Seite der Medaille. Und diese unwahre, aber lächelnde Seite zieht sie in ihren Bann. In der Tat, eine gründlichere und verlogenere Beeinflussung der Öffentlichkeit als die durch die Stars ist kaum denkbar. Es ist, als ob unsere ganze Fähigkeit, zu verehren und in Bewegung zu geraten, durch diese Figuren aufgesogen würde. Dabei sind sie in vielen Fällen völlig uninteressant, oft genug menschlich gescheitert und unsympathisch. Im besten Fall sind sie hart arbeitende Sklaven ihrer Branche. Aber ihre vorgetäuschte Bedeutung wird vom Publikum gewöhnlich für echt genommen. Daher können diese Männer und Frauen sich rühmen, die Götter dieser Zeit zu sein. Sie genießen oftmals Verehrung, die kaum ihrer Leistung noch ihrer Persönlichkeit zukommt. Das Bedenkliche aber ist, dass sie ein Bild vom Leben vermitteln, das in fast allen Fällen falsch und bewusst unwahr ist.

Ärgerlich, dass Gitta Müller so an der Nase herumgeführt wird, nicht wahr? Schade auch, dass Gitta Müller ihr Geld und ihre Zeit so bedenkenlos den Göttern unserer Zeit – und ihren Managern natürlich – opfert. Aber am traurigsten ist doch, dass Gitta Müller bei alledem sich selbst nicht ganz wohl fühlt, ja, dass sie unglücklich ist.

Denke daran: *Du* bist zu echter Freude berufen! *Du* bist zu schade für die Scheinfreude und den Betrug, den die Welt dir tausendfach anbietet. Die wahre Freude des Herzens ist allein in dem Herrn Jesus Christus zu finden. Deshalb komm zu ihm! Er will dir kundtun den Weg zum Leben, und vor ihm ist *Freude die Fülle* (Psalm 16,11).

Ein feuriger Pfeil

Der englische Bischof John Taylor Smith, der auch Militärseelsorger der britischen Armee war, sprach einst in einer großen Kirche über den Text: „Ihr müsst von neuem geboren werden" (Johannes 3,7). Am

Ende seiner Predigt fasste er alles noch einmal kurz zusammen und sagte: „Mein lieber Freund! Setze nichts, aber auch gar nichts an die Stelle der Wiedergeburt! Du kannst Mitglied einer Kirche sein, sogar Mitglied einer solch großen Kirche wie der, der ich angehöre, der ehrwürdigen englischen Hochkirche. Aber die Mitgliedschaft in einer Kirche bedeutet nicht ‚von neuem geboren werden‘. Jesus sagt unmissverständlich: ‚Wenn jemand nicht *von neuem geboren* wird, so kann er das Reich Gottes *nicht* sehen.'" (Johannes 3,3).

Der Pfarrer saß zur Linken des Bischofs. Indem er mit ausgestrecktem Arm auf den Pfarrer wies, fuhr er fort: „Du kannst auch Pfarrer sein, wie hier mein Freund neben mir, und trotzdem nicht wieder geboren sein. Denn Jesus sagt: ‚Wenn jemand nicht *von neuem geboren* wird, so kann er das Reich Gottes *nicht* sehen.'" – Zur Rechten des Bischofs saß der Älteste des Kirchenvorstands auf seinem erhöhten Stuhl. Nun zeigte der Bischof direkt auf ihn und sagte: „Du kannst sogar hier wie mein Freund Vorsitzender des Kirchenvorstands und doch nicht wieder geboren sein. Aber Jesus sagt: ‚Wenn jemand nicht *von neuem geboren* wird, so kann er das Reich Gottes *nicht* sehen.' Ja, du kannst sogar Bischof sein wie ich und nicht von neuem geboren sein. Aber Jesus sagt: ‚Wenn jemand nicht *von neuem geboren* wird, so kann er das Reich Gottes *nicht* sehen!'" – Und damit war seine eindringliche Predigt zu Ende.

Kurz darauf erhielt er von dem Vorsitzenden des Kirchenvorstands einen Brief, in dem dieser schrieb: „Sehr verehrter Bischof! Sie haben mich durchschaut. Seit über dreißig Jahren bekleide ich kirchliche Ämter. Aber ich habe nie etwas von der Freude gewusst, von der gläubige Christen sprechen. Davon habe ich nie etwas verspürt. Mein Teil war stets der harte, vorschriftsmäßige Dienst. Ich wusste selbst nicht, was mit mir los war. Aber als Sie direkt auf mich zeigten und sagten: ‚Du kannst sogar Vorsitzender des Kirchenvorstands und nicht von neuem geboren sein, da wurde mir im selben Augenblick klar, wo bei mir das Grundübel liegt. Ich habe nie etwas von einer Wiedergeburt erfahren." Weiter schrieb er noch, dass er sich unglücklich und elend fühle und seit der Predigt nachts keinen Schlaf mehr finden könne. Ferner bat er in dem Brief den Bischof um eine Aussprache unter vier Augen.

Gern war Bischof John Taylor Smith zu dieser Aussprache bereit. Zusammen lasen sie in Gottes Wort, und bald lagen beide auf ihren Knien im Gebet vor Gott. Der von dem feurigen Pfeil des Wortes Gottes Getroffene nahm vor Gott seinen Platz als armer, verlorener Sünder ein und setzte sein Vertrauen allein auf Jesus, der nun auch sein Herr und Heiland geworden war. Als ein von neuem Geborener stand er von seinen Knien auf, dankte und lobte Gott aus überglücklichem Herzen.

Leider sind viele Menschen, die sich Christen nennen, in Wirklichkeit nur Papierchristen. Sie gründen ihre Hoffnung, selig zu werden, auf ihre christlichen Papiere und Dokumente, als ob sie einem hochheiligen Gott einst ihren Taufschein oder Ähnliches vorhalten könnten. Der vielen zum Segen gewordene Pfarrer Lüscher in der Schweiz schreibt hierzu: „Unzählige Christen sind tatsächlich der Meinung, dass sie gerettet sind, weil sie sich zu einem Glaubensbekenntnis bekennen oder weil sie getauft und konfirmiert sind. Aber weder Taufe noch Konfirmation noch orthodoxes Glaubensbekenntnis noch Zugehörigkeit zur Kirche oder zu irgendwelcher Gemeinschaft retten den Menschen. Jesus sagt: ‚Es sei denn, dass jemand *von neuem geboren* werde, so kann er das Reich Gottes *nicht* sehen.'" Ja, es geht um eine klare Bekehrung, um die Wiedergeburt.

Wiedergeburt – das ist ein biblischer, kein esoterischer Begriff. Mit Re-inkarnation hat das nichts zu tun. Das wäre lächerliches Heidentum. Wiedergeburt heißt „Geburt von oben", nämlich von Gott her. Und Bekehrung und Wiedergeburt sind die zwei Seiten dieses wunderbaren, doch gleichzeitigen Vorgangs. Die Bekehrung ist die menschliche, die Wiedergeburt die göttliche Seite. Und nun hör zu: Bei beiden gibt es einen Gebenden und einen Nehmenden. Bei der Bekehrung gibst du dem heiligen Gott den ganzen Sündenschutt deines Lebens – und er nimmt ihn weg. Für immer! Bei der Wiedergeburt gibt der gerechte Gott dir neues, ewiges Leben – und du nimmst es staunend und voller Dank an. Für immer!

Möchten doch wie von Bischof John Taylor Smith noch viele feurige Pfeile abgeschossen werden. Und – dem großen Gott sei Dank – gibt es bis heute treue Verkündiger des ganzen Wortes Gottes. Solchen ist es als Botschafter Jesu Christi ein ernstes Anliegen, Menschen aus dem Schlaf aufzuwecken. Aus dem verhängnisvollen Schlaf vermeintlicher kirchlicher Sicherheit.

Vielleicht kommt das jemand zu hart vor? Ist es aber nicht. Hören wir einmal, was Pfarrer Wilhelm Busch in seinem weit verbreiteten und in mehr als 20 Sprachen übersetzten Buch „Jesus, unser Schicksal" sagt: „Die Menschen leben heute auf eigene Gefahr, dass sie so tun, als wäre mit dem Tod alles aus oder als würde man selbstverständlich in den Himmel kommen, wenn man getauft ist und der Pfarrer einen beerdigt. In der Hölle wird es einmal wimmeln von Leuten, die getauft und vom Pfarrer beerdigt sind! Verstehen Sie: Sie befinden sich in akuter, ernsthafter Lebensgefahr. Wir werden alle über kurz oder lang vor Gottes Gericht stehen" (S. 51, 39. Auflage).

Deshalb: Lies die Bibel! Sie will jeden Menschen überführen und vor tödlicher Selbstsicherheit bewahren. „Ist mein Wort nicht also – wie Feuer, spricht der HERR, und wie ein Hammer, der Felsen zerschmettert?" Jeremia 23,29.

Die entscheidende Unterschrift

Zar Peter der Große von Russland hatte die Angewohnheit, von Zeit zu Zeit sein kaiserliches Gewand abzulegen und sich schlicht gekleidet und unerkannt unter sein Volk zu begeben. Auch auf seinen weiten Reisen, lange bevor er im Jahre 1682 den Zarenthron bestiegen hatte, liebte er es, als Handwerker oder Kaufmann verkleidet Land und Leute anderer Völker kennen zu lernen. So bereiste er unerkannt Europa, arbeitete für längere Zeit in Holland als Zimmermann und gab damit dem deutschen Komponisten Lortzing den Stoff für sein Musikstück „Zar und Zimmermann".

In späteren Jahren, als ihn seine Regierungsgeschäfte immer mehr gefangen nahmen, kam er nur noch selten dazu, sich als schlichter Untertan zu verkleiden, um auf diese Weise die Sorgen und Nöte seines Volkes unmittelbar zu erfahren. Meistens zog er dann nur für kurze Zeit die Uniform eines einfachen Offiziers oder die Kleidung eines mittleren Beamten an, um sich über Stimmung und Disziplin unter seinen Soldaten zu informieren.

In jener Zeit ist ein junger russischer Stabsoffizier in einer Festung an der Grenze des russischen Reiches als Zahlmeister tätig. Er hat den dort stationierten Regimentern den Sold auszuzahlen und mit seiner vorgesetzten Dienststelle darüber abzurechnen. Dieser junge Offizier gerät unter schlechten Einfluss. Er beginnt zu spielen, und wie bei so vielen Spielern zieht diese Leidenschaft auch ihn erst allmählich, dann immer schneller ins Verderben. Sehr bald sind seine Ersparnisse verspielt. Und schließlich kann er der Versuchung nicht widerstehen, sich an dem ihm anvertrauten Geld zu vergreifen. Hin und wieder nimmt er einige Rubel aus der Soldkasse. Monatelang geht das so. Wie viel Rubel er insgesamt fortgenommen hat, weiß er selbst nicht mehr.

Plötzlich gibt es für ihn ein bitteres Erwachen. Ihm wird angekündigt, dass am kommenden Tag ein Hofbeamter kommen wird, um seine Buchführung und seinen Kassenbestand zu überprüfen. Diese Ankündigung wirkt auf ihn wie ein Schock. Jetzt wird er entlarvt, nun ist alles aus! Sogleich macht er sich daran, seine Eintragungen durchzusehen. Er rechnet und rechnet. Seite um Seite. Stundenlang. Sein Kopf glüht. Die Zahlen tanzen vor seinen Augen. Längst ist die Nacht hereingebrochen, und er hat ein Licht angezündet. Endlich hat er alle Soldausgaben addiert. Nun zieht er diesen Betrag von der Summe ab, die ihm die Heeresverwaltung zur Verfügung gestellt hat. Dann macht er sich mit unwillkürlich zitternden Händen daran, das Geld zu zählen, das noch in dem schweren Geldschrank vorhanden ist.

Aber o Schreck, eine riesige Summe fehlt! Er schreibt alles genau auf ein Blatt Papier: die Gesamtsumme des ihm anvertrauten Geldes, den ausgegebenen Wehrsold, den noch vorhandenen

Barbestand und darunter den Fehlbetrag. Trostlos sehen seine Augen auf diesen letzten Betrag. Verzweifelt schreibt er daneben die Worte: „Eine große Schuld! Wer kann sie bezahlen?"

Er weiß genau, dass er nie imstande ist, diese Schuld zu begleichen. So reift in ihm der Entschluss, die Bloßstellung des morgigen Tages nicht mehr zu erleben. Noch in dieser Nacht will er sich hier in der Schreibstube erschießen. Er will alle Bücher und auch dieses Blatt Papier offen liegenlassen, damit jeder sehen kann, was hier geschehen ist. So sitzt er über seinen Schreibtisch gebeugt, den Kopf in die Hände gestützt. In bittern Vorwürfen muss er sich selbst eingestehen, wie er versagt und wohin ihn die Spielleidenschaft getrieben hat. Das große Vertrauen, das man in ihn gesetzt hat, hat er schändlich missbraucht. Veruntreut hat er alles. Ein Dieb ist er, ein Schuft. Aber er wird seinem verpfuschten Leben ein Ende machen. Die geladene Pistole liegt schon neben ihm … Und als er weiter so grübelt und grübelt, überkommt ihn plötzlich eine bleierne Müdigkeit, und die Augen fallen ihm zu.

Gerade in dieser Nacht kommt Peter der Große als Wachoffizier verkleidet in diese Festung. Er ruft dem Wachsoldaten in dem Schilderhäuschen vor dem Tor die Parole zu und erhält sofort Einlaß. Er geht durch die weiten Hallen des Gebäudes. Befehlsgemäß soll alles Licht aus sein. Aber als er über den Hauptflur geht, sieht er unter einer der Türen einen Lichtschein. Er legt sein Ohr an die Tür, vernimmt aber nichts. Leise drückt er die Klinke herunter und wirft einen Blick in den Raum. Er wird den schlafenden Stabsoffizier gewahr, sieht den geöffneten Geldschrank, die Bücher und Papiere, den Revolver und fragt sich, was das zu bedeuten hat. Auf Zehenspitzen geht er in das Zimmer, schleicht sich hinter den schlafenden jungen Mann, schaut ihm über die Schulter und liest die Zahlen auf dem Blatt Papier, das vor ihm liegt. Augenblicklich wird dem Zaren alles klar. Der Kerl hat lange Zeit über systematisch gestohlen. Sein erster Gedanke ist, ihm fest die Hand auf die Schulter zu legen und ihm zuzurufen: Sie sind verhaftet!

Aber im nächsten Augenblick fühlt er Mitleid mit dem jungen Offizier. Wie jung war er doch noch! Wer mochte ihn wohl verdorben haben? Was würden seine Eltern sagen? Dann fällt sein Blick auf jenen mit zitternder Hand niedergeschriebenen Stoßseufzer: „Eine große Schuld! Wer kann sie bezahlen?" Gerührt nimmt der Zar den Federhalter, der dem Schlafenden aus der Hand gefallen ist, taucht ihn ein und schreibt nur ein einziges Wort unten auf das Blatt. Dann verlässt er leise die Schreibstube und schließt die Tür.

Ein, zwei Stunden sind vergangen. Plötzlich erwacht der Schläfer. Als er auf die Uhr schaut und sieht, dass der neue Tag bereits angebrochen ist, springt er auf, greift nach der Pistole, hält sie an die Schläfe … will gerade abdrücken …, da fällt sein Blick auf das Blatt Papier vor ihm und auf das eine

Wort, das nicht dort stand, bevor er eingeschlafen war. Es war der Name „Peter". Er lässt die Pistole fallen, reibt sich die Augen und murmelt vor sich hin: „Wie ist das möglich?" Dann eilt er zu seinem Aktenschrank, sucht eine Urkunde heraus, die einen echten Namenszug des Zaren trägt, und vergleicht sie mit dem Namen, der unter der Zeile „Eine große Schuld! Wer kann sie bezahlen?" steht. Kein Zweifel: Es ist wirklich die Unterschrift des Zaren!

Der Zar ist diese Nacht hier gewesen! Er weiß alles. Er kennt meine Schuld. Und doch, er selbst will sie bezahlen. Ich brauche nicht zu sterben. Und anstatt sich das Leben zu nehmen, vertraut er ganz auf das eine Wort des Zaren.

Schon in der Frühe des Tages kommt ein Bote vom Zarenhof, verlangt den Stabsoffizier und überreicht ihm in einem Leinensäckchen einen großen Geldbetrag. Er zählt nach und findet genau den Betrag, der in seiner Kasse fehlt. Sofort legt er das Geld in den Geldschrank. Als bald darauf der kaiserliche Revisionsbeamte kommt, um die Buchführung und den Kassenbestand zu überprüfen, findet er alles in Ordnung.

Der Zar hatte alles bezahlt. Er war keineswegs dazu verpflichtet. Im Gegenteil, er hätte den untreuen Kassenverwalter verstoßen und schwer bestrafen können. Aber er ließ Gnade vor Recht ergehen. Er bezahlte die Schuld selbst.

Genauso ist es mit meiner und deiner Schuld vor Gott. Eine große Schuld! Wer kann sie bezahlen? Ich nicht. Du auch nicht. Wie gut, dass einer gekommen ist, um für uns alles ins Reine zu bringen: Jesus Christus. Aber denke daran: Ihn hat es nicht nur einen Namenszug gekostet, dass wir mit Gott versöhnt würden. Er hat die Herrlichkeit des Himmels verlassen, hat sich tief erniedrigt und schließlich ans Kreuz nageln lassen. Dort in den drei Stunden der Finsternis hat Gott mit ihm, seinem geliebten Sohn, abgerechnet, meine und deine Schuld abgerechnet. Er war rein. Er war vollkommen sündlos. „Aber er ist um unserer Missetaten willen verwundet und um unserer Sünde willen zerschlagen. Die Strafe liegt auf ihm, damit wir Frieden hätten, und durch seine Wunden sind wir geheilt." (Jesaja 53,5.) Hast du das ganz persönlich erfahren? Kannst du mit dem Graf Zinzendorf ausrufen: „Bis zum Schwören darf ich's wissen, dass mein Schuldbrief ist zerrissen, dass mein Jesus starb für mich!"?

Mit dem Gongschlag ist es ...

Ich habe einmal ein Museum besonderer Art besucht: ein Uhrenmuseum. War das interessant! Man kann nur staunen, was sich die Menschen im Lauf der Jahrtausende alles haben einfallen lassen, um die Zeit einzuteilen und zu messen. Da gibt es Sonnenuhren mit Schattenstab, die auf die Minute genau die Zeit anzeigen. Dann kunstvolle Wasseruhren sowie Sanduhren von erstaunlicher Präzision. Sehenswert ist auch die erste Taschenuhr: Peter Henleins „lebendes Nürnbergisch Eyerlein" aus dem Jahre 1511. Sie sieht ihrer Form nach tatsächlich einem Hühnerei ähnlicher als einer modernen, flachen Taschenuhr. Und dann die Vielzahl der Spieluhren, Musikuhren, astronomischer Uhren und anderer Kunstuhren bis hin zur überall bekannten Kuckucksuhr.

Es gibt wohl kaum ein Gebiet der Technik, das bis in unsere Tage hinein den menschlichen Erfindergeist so beflügelt hat wie der Bau von Uhren. Eine wirklich einmalige Uhr kann man im Rathaus von Kopenhagen bewundern. Mit ihren über 15.000 Einzelteilen ist sie ein Wunderwerk der Uhrmacherkunst. Dabei ist ihr Schöpfer Jens Olsen ein einfacher Schlosser gewesen. Fünfzig Jahre lang haben ihn allein die vorbereitenden Berechnungen in Anspruch genommen, und als im Jahre 1945 endlich mit der Montage begonnen werden konnte, starb er kurz darauf. Aber sein Gehilfe setzte die Arbeit fort, und nach vielen Jahren war es endlich so weit: Der dänische König brachte durch einen Knopfdruck die Pendel der Wunderuhr in Gang.

Als mechanische Uhr wohlgemerkt soll sie in dreihundert Jahren weniger als eine halbe Sekunde von der genauen Zeit abweichen. Auf insgesamt siebzehn Zifferblättern und Scheiben zeigt sie neben vielem anderen zum Beispiel an: die Ortszeit, die wahre Sonnenzeit, die Sternenzeit, jeden

Sonnenauf- und -untergang, den Lauf der Sternsysteme, die Sonnen- und Mondfinsternisse, die Bewegungen der Planeten und selbstverständlich den genauen Kalender. Die Uhr hat auch ein so genanntes „Festkalender-Werk", das nur einmal im Jahr, nämlich zum Jahreswechsel, genau sechs Minuten arbeitet. In diesen wenigen Minuten führt dieses Werk 570.000 Bewegungen aus und zeigt dann für das neue Jahr die Daten aller beweglichen Festtage an. Ein Rädchen zeigt übrigens sogar die Wanderung des Himmelspols. Das heißt, du wirst nie eine Veränderung wahrnehmen; denn es ist das langsamste Rädchen, das je eine Uhr aufzuweisen hatte: Es macht in 25.700 Jahren nur eine einzige Umdrehung.

Es gibt noch viele Kuriositäten auf diesem Gebiet, z. B. winzige Uhren, die in einen Fingerring eingearbeitet sind, und riesengroße Uhren. Eine der bekanntesten großen Uhren kennt fast jeder: Big Ben, die ihren Namen nach der 15,5 Tonnen schweren Glocke hat, die einst vom Parlamentsgebäude in Westminster aus jeden Abend die Hauptsendung der britischen Rundfunknachrichten einläutete. Diese riesige Turmuhr, deren große Zeiger allein über vier Meter lang sind, muss sehr genau gehen. Schließlich richten sich viele Millionen Menschen nach ihr. Deshalb wird Big Ben auch dreimal wöchentlich durch einen Spezialisten überwacht. Er ölt und putzt das riesige Werk, dessen Pendel allein mehr als sechs Zentner wiegt. Und seine Gewichte von über zweieinhalb Tonnen müssen beim Aufziehen jeweils mehr als fünfzig Meter hochgezogen werden. Aber unser Spezialist braucht keineswegs computer-gesteuerte Geräte, um Big Ben genau in Gang zu halten. Er nimmt nur sein Handy und spricht mit einem Kollegen, der im Büro seiner Firma eine Spezialuhr beobachtet. Beide warten nun darauf, dass Big Ben eine volle Stunde verkündet. Wird einmal eine Differenz – sagen wir von einer Sekunde – festgestellt, dann begibt sich unser Mann an die Stelle des Turms, wo das Pendel schwingt. Und was macht er? Er zieht aus seiner Hosentasche einen Penny, den er auf das flache Querstück am Kopf des Pendels legt. Das genügt, um die normale Schwingungsdauer des Pendels von zwei Sekunden so weit zu verändern, dass sie wieder richtig geht. Übrigens sollen dort jetzt genau neun Pennies und ein halber liegen. Es ist doch beruhigend und erheiternd zugleich, dass selbst eine so weltbewegende Unregelmäßigkeit wie die falsche Zeitangabe von Big Ben in unseren Tagen, wo eine mit modernsten Chips versehene Raumsonde auf dem Weg zum Saturn ist, durch einen einzigen Griff in die Hosentasche wieder in Ordnung gebracht werden kann.

Nun, zum Kapitel Uhr wäre noch manches zu erzählen: über Wetteruhren zum Beispiel, die nur durch Luftdruck- und Temperaturschwankungen aufgezogen werden. Oder über die photoelektrische Uhr, die heute jedes Kind als Solaruhr kennt. Sie nimmt das Licht auf, wandelt es in elektrischen Strom, und der zieht dann gleichsam ein kleines

Uhrwerk auf. Eine Sonnenuhr auf Umwegen sozusagen. Dann gibt es noch etwas ganz „Aktuelles": die Marszeituhr, die in Amerika hergestellt wurde, um einem „dringenden Bedürfnis" zu entsprechen. Sie steht Weltraumfahrern zu einem angemessenen Preis zur Verfügung und zeigt zum Vergleich auch die Zeit auf unserem Planet Erde an.

Aber eins wird dich noch interessieren. Früher sagte der Nachrichtensprecher: „Wir geben ihnen die genaue Zeit – mit dem Gongschlag ist es ..." Dann schaute er nicht etwa auf seine Armbanduhr, um sekundengenau mit seiner Faust auf einen Gong zu hauen. Nein, er tat gar nicht viel. Er drückte nur eine Taste und wartete – wie wir zu Hause am Radio – auf den elektronischen Gongschlag. Der wurde durch den Impuls eines Quarzuhrwerkes ausgelöst.

Ja, die gute alte Quarzuhr, so muss man heute schon sagen. Sie benutzt zur Zeitmessung die Schwingungen im Atomgefüge des Quarzes. Die schon sehr genau gehende Quarzuhr wurde – als wissenschaftliches Gerät – schon vor Jahren durch Cäsium-Atomuhren abgelöst. Zwei dieser genauesten Uhren befinden sich in der Physikalischen-Technischen Bundesanstalt in Braunschweig. Sie sind seit 1985 in Betrieb. Ihre Ganggenauigkeit ist so groß, dass die Zeitabweichung in 2 Millionen Jahren – wenn die Erde noch bestünde – nur 1 Sekunde betragen würde. So merkwürdig es sich anhört, selbst die Cäsium-Uhr ist bereits überholt. Mit Hilfe von Laserstrahl und Wasserstoffatomen wird eine neue Uhr entwickelt, die zehnmal präziser ist. Aber wie es auch weitergeht – jeder von uns kommt heute schon in den Genuss der genauesten Zeitmessung. Werden die Impulse doch über Sender bis zu unserer Funkuhr am Handgelenk geleitet.

Denn darauf kommt es ja schließlich überall an: auf die richtige Zeit. Da kommt ein Reisender außer Atem in einen Bahnhof gelaufen und fragt einen Bahnangestellten: „Wann fährt der 8-Uhr-Zug?" „Genau um acht Uhr", ist die Antwort. – „Erreiche ich den Zug noch?" – „Nein, er ist gerade abgefahren!" – „Abgefahren?" ruft der enttäuschte Reisende. „Auf der Kirchenuhr ist es 7.58 Uhr, auf der Uhr an der Post ist es 7.55 Uhr, und auf Ihrer Uhr ist es 8.01 Uhr. Auf welche Uhr kann man sich denn noch verlassen?" – „Das bleibt Ihnen überlassen", sagt der Bahnbedienstete, „aber für die Abfahrt der Züge ist die Zeit auf unseren Uhren maßgebend."

Genauso ist es in deinem und meinem Leben. Gottes Uhr gibt die genaue Zeit an. Diese Uhr ist sein ewig wahres, heiliges Wort. Richten wir uns nach dieser Uhr, dann werden wir nie enttäuscht und betrogen werden. Sie zeigt uns genau, wo wir stehen. Und die Zeiger der Gnadenuhr Gottes stehen auf „Jetzt". „Siehe, *jetzt* ist die wohlangenehme Zeit, siehe *jetzt* ist der Tag des Heils!" (2. Korinther 6,2.) Wer *heute* nicht zu Jesus Christus kommt, weiß nicht, ob er *morgen* noch Gelegenheit dazu haben wird. Heute sollst du erfahren:

*„Du bist am Kreuz fürt mich gestorben,
dort nahmst Du meine Stelle ein.
Dein Blut hat völlig mich erworben,
mit Leib und Seele bin ich Dein!"*

Es kommt auf die richtige Zeit an. Einmal wird der entscheidende Gongschlag auch für dich ertönen. Lass es dann nicht zu spät sein!

Jaguar

Dieses Wort hat einen fast magischen Klang. Formvollendet, rassig sehen wir ihn vor uns: den traumhaft schönen Sportwagen. Unglaublich schnell ist er – und teuer. Von vielen begehrt, von wenigen besessen. Doch lass mich abbrechen. Von Rennwagen soll jetzt nicht die Rede sein.

Vielmehr will ich von einem echten Jaguar berichten. Er ist heute weit weniger bekannt als das Auto, das nach ihm seinen Namen hat. Der Jaguar ist eine Großkatze mit einem schönen goldgelben, schwarz gefleckten Fell. Ähnlich wie der Leopard wird er bis zu 1,50 Meter lang. Der Jaguar ist die größte und gefährlichste Raubkatze Mittel- und Südamerikas.

Ein reicher Mexikaner fand eines Tages auf einem Streifzug ein ganz junges Jaguarkätzchen. Er nahm es mit auf seine Hazienda und zog es mit einer Flasche auf. Nach einigen Wochen fraß es schon kleine rohe Fleischstückchen. Und allmählich wurde aus dem kleinen struppigen Ding ein ausgewachsener Jaguar mit herrlich leuchtendem, glattem Fell und kräftigen Gliedern. Die Besucher der Farm staunten nicht schlecht über das ungewöhnliche Haustier.

Doch einige Jäger aus der Umgebung warnten den Gutsbesitzer. „Behalten Sie das Tier nicht bei sich. Lassen Sie es wieder laufen, oder sperren Sie es wenigstens in einen Käfig!", rieten sie. „Der Jaguar", so sagten sie ihm, „ist ein derart unbändiges Tier, dass es niemals zahm genug werden wird, um als gefahrloses Haustier zu gelten." Aber der stolze Besitzer hatte seine eigene Meinung. Er glaubte, dass das Tier durch seine liebevolle Aufzucht alle Wildheit verloren habe und ein Haustier geworden sei. Was die anderen ihm rieten, meinte er, geschah ja nur aus Neid. So blieb der Jaguar bei ihm. Und wirklich, er folgte ihm wie ein Hund. Tag für Tag ließ er ihm wenigstens für eine Zeit lang völlige Freiheit, um Haus und Hof zu durchstreifen. Er wurde sein ständiger und liebster Begleiter.

Eines Abends machte es sich der Hausherr wie gewohnt in seinem Sessel bequem und las die Zeitung. Beim Lesen merkte er, wie der Jaguar nach Katzenart mit seinem schweren Körper schnurrend um seine Beine strich. Das tat er oft. Er wollte gekrault werden, und gedankenlos streichelte seine Hand den großen, flachen Kopf und die muskulösen Schultern des Tieres. Dann spürte er die Zunge des Jaguars. Aber was war das? Diesmal fühlte sie sich rauer an als sonst. Plötzlich fiel ihm ein, dass er sich am Nachmittag an der Rosenhecke verletzt hatte. Und wirklich, als er die Zeitung beiseite legte, sah er, dass die kaum verheilte Wunde durch die raspelartige Zunge des Jaguars aufgerissen war und wieder blutete.

Er stutzte. Dann befahl er dem Tier, von seiner Seite wegzugehen. Aber es gehorchte nicht. So versetzte er ihm mit dem Fuß einen Stoß, dass es sich in die gegenüberliegende Ecke schlich. Dann griff er wieder zur Zeitung, um weiterzulesen.

Aber irgendwie war es ihm nicht geheuer. Die Stille kam ihm unheimlich vor. Irgendeine ungeahnte Gefahr lag in der Luft. Über den Zeitungsrand blickte er zu seinem Jaguar. Da riss er seine Augen vor Schreck weit auf. Er wurde totenbleich. Was er dort erblickte, war nicht sein zahmes, gutes Haustier. Da lauerte ein Raubtier mit Augen wie loderndes Feuer. Aufgeregt zuckte der Schwanz hin und her. Alles an dem Tier war geballte Kraft und gespannte Energie. Kaum konnte er den unaussprechlichen Gedanken, der ihn auf einmal überfiel, zu Ende denken, da geschah es auch schon. Die mächtige Katze setzte zum Sprung an, um ihr wehrloses Opfer erbarmungslos und grauenhaft zuzurichten ...

Die Jäger hatten Recht behalten. Ein Jaguar wird seine Raubtiernatur auf die Dauer nie verleugnen. Aber nun war es zu spät, ein für alle Mal zu spät.

Der Teufel macht es mit dem Menschen genauso. Erst lässt er den Menschen mit der Sünde spielen, dann wird der Verführte ein Spielball der Sünde. Erst sieht alles so schön, so reizend und harmlos aus, und dann wird bittere Sklaverei daraus. Und schließlich kommt das furchtbare Ende. Aber es muss nicht so sein. Gott sei Lob und Dank, dass es einen Befreier gibt! „Jeder, der die Sünde tut, ist der Sünde Knecht" (Johannes 8,34). Aber: „Wenn euch nun der Sohn frei macht, so werdet ihr wirklich frei sein" (Johannes 8,36). Jesus ist kommen, Grund ewiger Freude!

Zwei denkwürdige Berichte

Anfang 1945 kam der Kriegsberichterstatter Clarence W. Hall in das kleine, etwa tausend Seelen zählende Dorf Schimabuku auf Okinawa. Dort machte er eine erstaunliche Entdeckung.

Hier ist sein Bericht:
Das Dorf liegt genau in der amerikanischen Vormarschlinie gegen die Japaner. Als ein Spähtrupp bis zum Dorfeingang vorstößt, bleiben die Soldaten plötzlich wie angewurzelt stehen. Der Weg wird ihnen von zwei Männern versperrt, die sich tief verbeugen und dann zu reden beginnen. Der kampferprobte Unteroffizier – feindlicher Tricks gewärtig – ist skeptisch und winkt einen Dolmetscher heran. Der Dolmetscher schüttelt den Kopf: „Ich verstehe das nicht. Es scheint, wir werden hier willkommen geheißen – als christliche Brüder. Der eine sagt, er sei der Bürgermeister, der ande-

re, er sei der Schulmeister des Dorfes. Das Buch, das der ältere in der Hand hält, ist eine Bibel." Der Unteroffizier schüttelt den Kopf und brummt: „Wir holen besser unseren Pfarrer." – Der Soldatenpfarrer kommt und mit ihm ein paar Berichterstatter. Aber wir trauen dem Frieden nicht recht und lassen uns erst einmal von den beiden Männern durch das Dorf führen. Wir haben schon manches Dorf auf Okinawa gesehen; sie machten alle einen verwahrlosten, trostlosen Eindruck. Schimabuku dagegen funkelt geradezu wie ein Edelstein. Überall werden wir lächelnd begrüßt. Voller Stolz zeigt man uns die tadellos sauberen Häuser, ihre in Terrassen angelegten Felder, ihre Kornspeicher und die kleine Zuckerfabrik. –

Mit großem Ernst fangen die beiden zu erzählen an, und der Dolmetscher sagt uns: „Sie sind bisher nur einem Amerikaner begegnet, und das vor langer Zeit. Weil er ein Christ war, halten sie uns ebenfalls für Christen, können aber nicht ganz verstehen, warum wir geschossen haben, als wir hier einzogen." Allmählich kommt dann die Geschichte heraus. Vor dreißig Jahren hatte ein amerikanischer Missionar auf dem Weg ins Landinnere hier Station gemacht. Durch sein frohes Zeugnis von Jesus, dem Retter-Heiland, bekehrten sich zwei Männer – eben diese beiden. Bevor er weiterzog, hatte er ihnen noch einige geistliche Lieder beigebracht und ihnen eine japanische Bibelübersetzung dagelassen und sie ermahnt, nach diesem Buch zu leben. Seither waren sie nicht mehr mit auswärtigen Christen in Berührung gekommen. Aber mit der Bibel in der Hand brachten sie es fertig, ein wahrhaft christliches Zusammenleben zu schaffen.

Wie war das möglich? Die beiden Bekehrten lasen unermüdlich in Gottes Wort, fanden in ihrem Herrn Jesus Christus ein leuchtendes Vorbild und machten die Bergpredigt zur Richtschnur für das Verhalten in der Gemeinschaft. Immer mehr Einwohner kamen zu klaren Bekehrungen. Heute noch ist in der Schule die Bibel der Hauptlesestoff. Täglich lesen die Schüler darin und lernen wichtige Abschnitte auswendig. So ist eine ganze Generation unter dem Wort Gottes aufgewachsen und hat aus ihm das Wichtigste gelernt, was Menschen lernen können. Der Erfolg ist offensichtlich. In Schimabuku gibt es kein Gefängnis, keine Disko, keine Betrunkenen, keine Ehescheidung. Die Einwohner erfreuen sich bester Gesundheit und leben glücklich und in Frieden.

Ihr Gottesdienst ist denkbar einfach und dennoch sehr feierlich. Eine Liturgie gibt es nicht. Einer liest Stellen aus der Bibel vor. Andere Gläubige beten. Zwischendurch wird gemeinsam gesungen. Mein Fahrer und ich werden von dem kraftvollen Gesang des Liedes „Preiset alle die Macht von Jesu Namen" förmlich mitgerissen und singen begeistert mit. Dann fällt unser Blick auf die Bibel. Ihr Kunstledereinband ist abgenutzt und rissig. Die Seiten sind zerlesen und fleckig. Kein Wunder, denn dreißig Jahre lang war sie ständig benutzt worden. Aber sie halten sie in ihren Händen mit jener ehrfurchtsvollen Sorgfalt, mit der wir die Urschrift behandeln würden.

Als wir nach der Versammlung wartend stehenbleiben, während die Menge still auseinander geht, flüstert mir mein Fahrer mit bewegter Stimme zu: „Das alles hat also die Bibel fertig gebracht und zwei Menschen, die an Jesus glauben." Und dann murmelt er mit einem Seitenblick auf einen Granattrichter: „Vielleicht gebrauchen wir doch die falschen Waffen, um die Welt zu verbessern." –

So weit der Bericht des Kriegsberichterstatters. Und nun fliege mit mir in Gedanken um die halbe Erdkugel in das „christliche" Abendland und höre einen anderen, nicht weniger erstaunlichen Bericht. Ort der Handlung ist nicht ein Kriegsschauplatz, sondern die Schweiz, die friedliche Schweiz. Wohlhabend und seit über hundert Jahren neutral und ohne Krieg. Der aus Italien stammende französische Evangelist Erino Dapozzo berichtet:

Vor einiger Zeit gab ich in einigen Zeitungen der französischen Schweiz Inserate auf, so in Genf, Montreux und Lausanne. In diesen Anzeigen suchte ich Bibeln, auch alte, gebrauchte Bibeln, und zwar für die Missionsarbeit in Frankreich. Lange hörte ich nichts. Dann kam eine Nachricht von einem Gastwirt. Wohlgemerkt, eine Nachricht aus einem Wirtshaus, nicht aus einem Pfarrhaus. Der Gastwirt schrieb mir kurz: „Werter Herr! Bitte kommen Sie vorbei! Ich habe viele Bibeln zu verschenken."

Ich habe mich sofort auf den Weg gemacht. Der Wirt war sehr freundlich. „Ich habe einen ganzen Berg von Bibeln", sagte er. „Interessant, interessant", sagte ich neugierig. Er trat mit mir vor das Haus. „Ich will Ihnen alles erklären. Sehen Sie dort die Kirche?" „Ja, natürlich." „Jetzt geben Sie gut Acht! Da ist die Kirche – hier mein Wirtshaus. Die Paare, die sich dort trauen lassen, erhalten vom Herrn Pastor eine Hochzeitsbibel. Vorn auf dem ersten Blatt stehen Name und Vorname schön und sorgfältig geschrieben. Nach der Trauung kommt die ganze Hochzeitsgesellschaft zu mir zum Mittagessen. Sie essen gut und viel und trinken noch mehr. Und wenn sie fortgehen, nehmen sie aus der Bibel das erste Blatt mit dem Namen heraus, tun es in die Tasche und lassen die Bibel hier." – Dann führte mich der Wirt in einen Nebenraum. Da lagen zweiundsechzig Hochzeitsbibeln auf dem Tisch. Zweiundsechzig Bibeln, neue Bibeln, fortgeworfen, in der Schweiz, in der frommen Schweiz ...

Diese beiden Berichte sprechen für sich. Ihnen ist nichts hinzuzufügen. Aber die eine Frage an dich sei erlaubt, denn du lebst ja auch im „christlichen" Abendland: Wie schätzt *du* das Wort Gottes? Bedeutet es dir alles, oder bedeutet es dir nur wenig oder gar nichts? Wie ist deine Antwort? Bedenke: Wenn auf deiner Bibel Staub liegt, liegt auch Staub auf deiner Seele. Es kann nicht anders sein. Darum mache dich auf und lies endlich einmal Gottes großen, wunderbaren Brief an dich! Du wirst unermessliche Schätze darin finden; denn dieser göttliche Brief bietet dir ewiges Leben an. Darum: „Sucht nun in dem Buch des Herrn und lest!" (Jesaja 34,16). „Ja, glückselig sind, die das Wort Gottes hören und bewahren!" (Lukas 11,28.)

Ein wirksamer Brief

Sie war in der Unterwelt von Chikago gelandet. Erst sah alles so verlockend aus, aber dann war nichts als Elend daraus geworden. Chikago – zweitgrößte Stadt der USA. Luxus, Wohlstand, Tingeltangel, Mietskasernen und düstere Hinterhöfe, Kneipen und Bars. Und unter der Theke Cocain und Ecstasy.

Sie amüsierte sich mit ihren Freunden und Freundinnen. Aber tief in ihrem Herzen bohrte das Heimweh einer verlorenen Tochter. Und all die Jahre hindurch wartete zu Hause jemand auf sie: ihre Mutter. Sie wartete auf ihr Kind, auf ihre Tochter. Sie wollte gern zu ihr gehen. Sie wollte sie gern suchen. Aber wo? Wo? – –

Die Liebe findet Rat. Sie wird einen Brief schreiben. Aber wohin? Der Aufenthalt ihrer Tochter ist selbst für die Kriminalpolizei seit Jahren nicht feststellbar. Ihre Tochter ist verschollen. Sie weiß keine Anschrift. – –

Sie lässt viele Bilder machen. Bilder von ihrem vor Kummer altgewordenen Gesicht. Die Bilder klebt sie auf Papier und schreibt darunter: „Komm heim!

Mutter wartet auf dich!" Die Bilder bringt sie in die Kneipen und Bars der Chikagoer Unterwelt und bittet um Erlaubnis, sie dort aufhängen zu dürfen. Wird das etwas nützen? Wird ihre Tochter es lesen? Wird sie darauf hören? – –

Draußen ist es dunkel. Drinnen nicht viel heller. In einem Nachtlokal spielt eine Kapelle harten Rock. Eine junge Frau mit einer leeren Seele und einem verdorbenen Leben bewegt sich durch diese Lasterhöhle. Plötzlich bleibt sie wie vom Schlag getroffen stehen. Da – was ist das? Da hängt an der Wand das Bildnis einer alten Frau … „Komm heim! Mutter wartet auf dich!" – Ein herzzerreißender Schrei: „Mutter!!" – –

Einige Stunden später ist sie zu Hause. Sechs Worte, das ist nicht viel. Aber in diesen sechs Worten liegt auch der Inhalt des Briefes, den Gott dir schickt. „Komm heim! Einer, der dich lieb hat, wartet auf dich!" Du sollst es gut haben. Er will dir Frieden, Freude und Glück schenken (Matthäus 11,28). Möchte Gottes Wort, sein Brief an dich, auch so wirksam sein! Komm heim! Du wirst es nie bereuen.

Durchschaut

„Ach, dass doch der Mensch durchsichtig wäre wie eine Quelle, auf dass man den Sitz seiner Krankheit schauen könnte!" Mit diesen Worten machte sich einst ein Arzt zum Sprecher für viele Ärzte, die diesen Wunschtraum im Herzen hatten. Denn sie standen dem Unbekannten im Menschenkörper ohnmächtig gegenüber. Der unmittelbare Blick in das Innere des Kranken war ihnen verwehrt.

Wer konnte ahnen, dass ein solcher Traum jemals wahr werden würde? Und doch sollte dieser Tag kommen: der 8. November 1895. An diesem denkwürdigen Tag liegt die schöne, kunstreiche Stadt Würzburg, die einst schon Walther von der Vogelweide besang, in der Tilman Riemenschneider seine großartigen Kunstwerke schuf und Balthasar Neumann seine prachtvollen Barockbauten errichtete, im frühen Dunkel eines feuchten Novembertages. Es ist still in der Stadt. Die Lichter sind erloschen. Aber ein Mann sucht in dieser Nacht keinen Schlaf: Wilhelm Röntgen, Professor der Physik an der Universität. Schon am Abend ist er so merkwürdig. Er isst nur wenig und hört kaum, was gesprochen wird. Er beeilt sich, wieder in sein Laboratorium zu kommen. Eine unerklärliche Unruhe ist in ihm. Röntgen ahnt, dass er einer unerhörten Entdeckung auf der Spur ist. Aber noch ist die Sache so geheimnisvoll und voller Rätsel.

Nacht für Nacht brennt in den folgenden Wochen Licht hinter den Fenstern seines Labors am Pleicherring, der heute Röntgenring heißt. Hin und wieder verdunkeln sich die Fenster, dann wieder flammen hinter den Scheiben Lichter auf. Aber wer etwas Näheres erfahren will, hat keinen Erfolg. Röntgen ist schweigsam und arbeitet ganz allein.

Schließlich muss ihm selbst das Essen in sein Labor gebracht werden, und er schlägt sich dort ein Bett auf. Nur seiner Frau macht er eine Andeutung, wenn er ihr sagt: „Ich mache etwas, wovon die Leute, wenn sie es erfahren, sagen werden: Der Röntgen ist verrückt geworden!" So schafft er 43 Tage in der Einsamkeit seines Labors. Erst wenn er selber Gewissheit erlangt hat, will er davon reden. Und als er am 28. Dezember 1895 dem Vorsitzenden der Physikalisch-Medizinischen Gesellschaft von Würzburg die Ergebnisse seiner unermüdlichen Arbeit vorlegt, enthält sie in siebzehn klar formulierten Punkten das Resultat seiner unzähligen Versuche, die ihn wochenlang Tag und Nacht unermüdlich beschäftigt haben. Die Schrift trägt den bescheidenen Titel: „Eine neue Art von Strahlen." Dabei ist sie eine Sensation auf physikalischem Gebiet, gibt sie doch Kunde von der Entdeckung einer alles durchdringenden Strahlung. Man lässt diese Schrift sofort drucken und beruft für den 23. Januar eine Sitzung der Gesellschaft ein, auf der Röntgen selbst über seine Entdeckung berichten soll. Aber – von Röntgen völlig unbeabsichtigt – dringt schon vorher etwas an die Öffentlichkeit. Er hat seinem Freund und Kollegen Professor Exner einen Brief nach Wien geschrieben, ihm darin das Wichtigste über seine neue Entdeckung mitgeteilt und dem Schreiben die Fotografie einer durchstrahlten Hand beigefügt. Exner spricht darüber mit einigen seiner Freunde und zeigt die Aufnahme.

Die „Wiener Presse" erfährt davon und bringt am nächsten Tag, am 7. Januar 1896, einen Artikel mit der Überschrift „Eine sensationelle Entdeckung". Telegramme jagen um die Welt. Und in allen Zeitungen erscheinen Aufsehen erregende Berichte: „Wunderstrahlen entdeckt!" „Der menschliche Körper durchsichtig geworden ..." Nicht nur Laien, auch viele Gelehrte bezweifeln die Richtigkeit der Pressemitteilungen. Dann aber sickert durch, dass der Kaiser am 13. Januar den Forscher zu sich berufen und sich von ihm seine Entdeckung habe vorführen lassen.

23. Januar 1896. Groß ist der Andrang zu der Sitzung der Physikalisch-Medizinischen Gesellschaft. Eine fieberhafte Spannung liegt im Raum. In einem Sitzungsbericht lesen wir: „Von lebhaftem, lang anhaltendem Beifall begrüßt, betritt der 50-jährige Forscher, eine große, hagere Gestalt mit dunklem Haar und Vollbart, den Saal. Sachlich und nüchtern berichtet Röntgen über das, was er entdeckt hat. Er erläutert seinen Vortrag an den aufgebauten Geräten. Jeder im Saal kann das Skelett der lebenden Hand oder die Umrisse dick verpackter Gegenstände auf dem Leuchtschirm sehen. Der greise Anatom Geheimrat von Koelliker legt vor aller Augen seine Hand auf eine lichtdicht in der Kassette verpackte Fotoplatte, die unter der Röhre liegt. Noch während des Vortrags wird die Platte entwickelt. Das Bild dieses Handskeletts wird staunend betrachtet. Am Ende der Sitzung macht von Koelliker den Vorschlag, die neuen Strahlen – Röntgen hatte sie nach

dem Buchstaben X genannt – nach ihrem Entdecker zu benennen, was neuen, allgemeinen Jubel entfesselt ..."

Seit jenen Novembertagen des Jahres 1895 ist der menschliche Körper durchschaubar geworden. Durchsichtig zum Nutzen ungezählter Kranker. Jede gewünschte Stelle lässt sich auf die Fotografie bannen. Aber eins kann der Mensch immer noch nicht – nämlich das fotografieren und erkennen, was sich *hinter* dem rein Körperlichen verbirgt. Die Gedanken, die wirklichen Beweggründe des Herzens, der Charakter in seiner Vielgestaltigkeit – all das lässt sich nicht röntgen. Selbst die Psychologie mit ihren wissenschaftlichen Erkenntnissen steht nach wie vor erst vor der Schwelle eines großen, unbekannten Hauses. Der Mensch – das unbekannte Wesen – so könnte man fast sagen. Wie viel Verdunklung, wie viel Heuchelei und Versteckspiel ist möglich, ohne dass es irgend ein anderer Mensch merkt! Wie viele böse und unreine Gedanken werden gedacht. Keiner bemerkt sie. Oder doch? – Das wäre ja nicht auszudenken. Aber es ist so! Jeder Mensch ist durchschaut. Völlig, restlos durchschaut, bis in die letzten Falten des Herzens. Und alles ist genaustens aufgezeichnet. Auch die heimlichen Gedanken, denn: „Du verstehst meine Gedanken *von ferne*"; auch die heimlichen Wege, denn: „Du siehst *alle* meine Wege"; auch jedes Wort: „Denn siehe es ist *kein* Wort auf meiner Zunge, das du, Herr, nicht alles wissest" (Psalm 139,2-4). Und einmal wird der göttliche Richter alles aufdecken, wirklich alles. „Denn es ist nichts verborgen, was nicht offenbar werden wird noch geheim, was nicht erkannt werden und ans Licht kommen wird" (Lukas 8,17).

Überdenke dein Leben! Sei ehrlich. Mach dir selbst nichts vor. Dann kann Gott dir helfen. Zuvor musst du deine Sünden vor ihm aufdecken, dann kann er sie zudecken. Tust du es nicht, dann muss er sie aufdecken und dich verurteilen. Aber heute noch bietet er dir in Jesus Christus Vergebung an. Vergebung – das heißt bei Gott Austilgung, wirkliches Vergessen. Dein Schuldkonto kann radikal ausgelöscht werden. Darum beginne ein neues Leben an der Seite deines Erretters! Er verspricht dir: „Ich vertilge deine Missetaten wie eine Wolke und deine Sünden wie den Nebel; denn ich erlöse dich" (Jesaja 44,22).

Die herrlichste Nebensache der Welt

Sport ist doch etwas Schönes! Ich meine nicht den modernen „Zuschauersport", der immer mehr um sich greift. Denn nicht wenige scheinen tatsächlich zu glauben, sie seien schon sportliche Menschen, wenn sie die Ränge im Stadion bevölkern oder nur vor der Mattscheibe sitzen und sich die Sportschau ansehen.

Nein, selbst den Körper stählen, möglichst in frischer Luft und in freier Natur, das gibt neuen

Schwung für den Alltag. So verstanden, schafft der Sport einen gesundheitsfördernden Ausgleich im Hinblick auf unsere oft unnatürliche Lebensweise. Dabei muss es nicht unbedingt Canyoning oder Bungee-Jumping sein. Und wenn du joggst, Rad fährst, schwimmst oder Ski läufst, dann kommt es nicht auf den Nervenkitzel an. Auch neue Rekorde brauchst du nicht aufzustellen. Vielmehr stärkst du deine Gesundheit und hältst dich gelenkig und fit.

Woher stammt das Wort „Sport" eigentlich? Es kommt – wie könnte es anders sein – aus England, dem Mutterland des Sports. Dort ist es im 15. Jahrhundert aufgekommen und aus dem lateinischen Zeitwort „disportare" (= zerstreuen) entstanden. Im ursprünglichen Sinn bedeutet daher „Sport" so viel wie Zerstreuung und Unterhaltung, also Zeitvertreib schlechthin. Diese ursprüngliche, über das körperliche Training weit hinausgehende Bedeutung lebt übrigens heute noch in Ausdrücken fort wie „Denksport", „Briefmarkensport", „Angelsport" und vielen anderen. Auch die Redewendung „sich einen Sport aus etwas machen" deutet auf die eigentliche Bedeutung des Wortes hin. Und genau das sollten auch die körperlichen Sportübungen sein: ein gesunder Zeitvertreib, der ein Gegengewicht gegen unsere bewegungsarme berufliche Beschäftigung darstellt. Führende Ärzte weisen immer wieder darauf hin, dass es um unsere Gesundheit besser bestellt wäre, wenn es weniger Zuschauer vor der Mattscheibe und am Rand des Sportfeldes gäbe, dafür aber mehr eigene Körperertüchtigung.

Und gerade die Passiven, die sich irrtümlich als Sportler fühlen, nehmen den Sport so tierisch ernst, können sich die Köpfe heiß reden oder gar einschlagen, wenn es etwa um die Frage geht, ob der Ball nun wirklich im Netz war oder nicht. Dabei vergessen sie völlig, was Sport eigentlich ist. Ein kluger Engländer hat das einmal so ausgedrückt: „Sport ist die herrlichste Nebensache der Welt."

Die herrlichste Nebensache der Welt? – Manchmal möchte man daran zweifeln. Zum Beispiel damals die Fußball-Weltmeisterschaft in England. Im großen Endspiel im Londoner Wembley-Stadion besiegt die englische Mannschaft am 30. Juli die deutsche Nationalelf mit 4 : 2 Toren und empfängt aus der Hand der Queen den begehrten goldenen Worldcup. Es war ein tapferes, ein schönes Spiel. Mit Verlängerung kämpften die beiden Mannschaften 120 Minuten, und die Deutschen waren gute Verlierer. Aber was sich vorher zugetragen hat – im Viertel- und im Semifinale – das sah wirklich nicht so aus, als wäre Sport die herrlichste Nebensache der Welt. Vielmehr schien es manchmal so, als ginge es um Sein oder Nichtsein. So gab denn auch eine große deutsche Tageszeitung ihrem Kommentar zu der Fußball – Weltmeisterschaft die bezeichnende Überschrift: „Trauerspiele". Von sportlicher Fairness war in manchen Spielen nichts zu spüren. Die Schiedsrichter mussten leider nur zu oft die Rote Karte zeigen. Manche Spieler wurden vom Spiel sogar ganz gesperrt. Sie hatten das Fußballfeld offenbar mit einem Boxring verwechselt. Dabei waren die Fouls oft so heimtückisch, dass erst die Zeitlupenaufnahmen das ganze Ausmaß der Regelwidrigkeiten enthüllten. Aber nach den Spielen ging es in demselben Ungeist weiter. Uwe Seeler, der Kapitän der deutschen Mannschaft, musste von einem vom Platz gestellten Spieler der gegnerischen Mannschaft eine Ohrfeige einstecken. Die Schiedsrichter konnten nur unter Polizeischutz und auf Schleichwegen aus dem Stadion gebracht werden. Und Fifa-Präsident Sir Stanley Rous musste sich sogar als „Schwachsinniger" bezeichnen lassen. Sir Stanley selbst sagte resigniert: „Ich betrachte die Auswüchse mit tiefer Besorgnis ... "

Die herrlichste Nebensache der Welt? – Oft gewinnt man leider einen anderen Eindruck. Es ist stockdunkel, als die gegen Nordkorea unterlegene Fußball-Nationalelf Italiens auf dem Flugplatz von Genua landet. Genaue Uhrzeit: 3.28 Uhr nachts. Die Spieler tragen keine falschen Bärte, wie ein Karikaturist es vorher angedeutet hat. Vielmehr nehmen sie lieber den Schutz der Nacht und der Polizei in Anspruch. Deshalb also die ungewöhnliche Zeit der Ankunft. Als die Gangway herangeschoben wird und die Mannschaft herabsteigt, wird kein roter Teppich ausgerollt, werden im Schein der spärlichen Lichter keine Blumensträuße überreicht. Aber auch die wohl überlegte Ankunftszeit schützt sie nicht vor der „Begrüßung" durch die Landsleute. Ein ganzer Hagel von Tomaten und Schlimmerem fliegt auf sie zu. Eine 700-köpfige Menschenmenge empfängt sie mit Gejohle, Buh-Rufen und gemeinen Schimpfwörtern.

So müssen die Sportler unter dem Schutz der Karabinieri vom Flugzeug bis zu den wartenden Autos ein einziges Spießrutenlaufen vollführen. Selbst als die Wagenkolonne anfährt, bearbeitet die aufgebrachte Menge die Autos mit Fußtritten.

Sport, die herrlichste Nebensache der Welt? – So traurig es ist, aber es sieht nicht mehr danach aus. Dabei will ich nicht davon berichten, dass, wie es wirklich geschah, sich hier und dort jemand das Leben nahm, weil während der Übertragung der Weltmeisterschaftsspiele der Fernseher streikte oder weil seine Mannschaft verlor. Das mögen bedauerliche Einzelfälle verblendeter Menschen gewesen sein. Aber wenn Hunderte, ja Tausende nicht mehr wissen, was sie tun, dann wird es bedenklich.

Noch einmal: Zwei Stunden lang liegen die Straßen Lissabons wie ausgestorben da. Die gesamte Einwohnerschaft sitzt vor den TV-Geräten und verfolgt das Spiel gegen Brasilien. Dann explodiert plötzlich die Stadt. Wie auf Kommando stürzen Tausende in überschwänglicher Freude singend und tanzend ins Freie. Raketen schießen in den nächtlichen Himmel. „Wir sind besser als die Besten der Welt", schreien die Menschen rein außer sich vor Begeisterung und bevölkern die Gaststätten, um ein dickes Fass aufzumachen. – Wie anders dagegen ist die Stimmung in Brasilien und vor allem in Rio de Janeiro. Im Gewühl von fünftausend Menschen auf einem großen Platz Rios läuft die Direktübertragung. Als klar wird, dass die geliebten Fußballgötter entzaubert und entthron worden sind, fallen viele in Ohnmacht, und die portugiesischen Barbesitzer in Rio lassen vorsorglich die Fenstergitter herunter.

Sie haben Recht daran getan. Denn die brodelnde Masse gerät in Bewegung. Regelrechte Straßenschlachten entwickeln sich zwischen vor Wut tobenden Fans und Polizisten. Nur mit größter Mühe gelingt es der Polizei, die enttäuschte Menge vom Sturm auf das Hauptquartier des brasilianischen Fußballverbandes abzuhalten. Es kommt zu bedrohlichen Nahkämpfen, und viele tragen bedenkliche Verletzungen davon. Nicht viel anders sieht es in Sao Paulo, der zweitgrößten Stadt Brasiliens, aus. Hier müssen die Uniformierten einen Sicherheitsgürtel um das Haus von Nationaltrainer Feola legen. Hasserfüllte Fußballanhänger schreien: „Feola lynchen! Feola aufhängen!" Es ist bittere Wahrheit: Aus der herrlichsten Nebensache der Welt ist Hysterie und schlimmster Fanatismus geworden.

Und nun mach mit mir einen sportlichen Sprung, einen Weitsprung sozusagen. Ich will dich nämlich von dem, was „die herrlichste Nebensache der Welt" sein sollte, zur entscheidendsten Hauptsache deines Lebens führen. Paulus, der mutige Botschafter seines geliebten Herrn, hatte sich in seinem Leben auf seinen Tausende Kilometer langen Fußreisen und abenteuerlichen Seefahrten größeren körperlichen Anstrengungen unterzogen als viele Sporthelden unserer Zeit. Er schreibt seinem jungen Freund Timotheus: „Denn die leibliche Übung nützt wenig; aber die Gottseligkeit ist zu allen Dingen nütze und hat die Verheißung dieses und des zukünftigen Lebens." Und er fährt feierlich fort: „Das Wort ist gewiss und aller Annahme wert." (1. Timotheus 4,8.9). Das Gleiche möchte ich dir zurufen. Körperliche Ertüchtigung ist nichts Schlechtes. Darum treib ruhig Sport. Tu etwas für deinen Körper, *aber* denke daran, dass die Nebensache nie zur Hauptsache werden darf! Hauptsache, dass die Hauptsache die Hauptsache bleibt! So hat es einmal ein kluger Mann ausgedrückt. Und was ist die Hauptsache? Das ist die Hauptsache: Bring dein Leben mit Gott in Ordnung, und dann lebe dein Leben für deinen Herrn! Dann hast du die Verheißung des ewigen Lebens, und dir winkt ein Siegeskranz, der nie verwelkt.

Sei allzeit bereit!

Southampton. Unter Sirenengeheul sticht das griechische Luxusschiff „Lakonia" zu einer Weihnachts-Kreuzfahrt nach Madeira in See. Winkende Tücher ... Die Küste entschwindet. Alle Passagiere sind froh gestimmt, haben sie doch eine Reise besonderer Art gebucht. In dem Prospekt des englischen Reisebüros steht wörtlich: „Hier ist ein Urlaub, bei dem alle Risiken ausgeschaltet sind. Hier ist ein Urlaub, an den Sie sich stets erinnern und von dem Sie den Rest Ihres Lebens sprechen werden." – Alle Risiken ausgeschaltet? – Nun ja, immerhin verfügt die „Lakonia" über eine automatische Feuerverhütungsanlage. Immerhin hat sie mehr Rettungsbootplätze als Passagiere an Bord, auch wenn alle Kabinen besetzt sind. – Ein Urlaub, von dem man den Rest seines Lebens sprechen wird? Stimmt auch – für die Überlebenden wenigstens. Denn etwa hundertsechzig Passagiere der „Lakonia" kommen einen Tag vor Heiligabend auf hoher See grausam ums Leben. Wodurch? Durch einen gewaltigen Brand. Trotz automatischer Feuerverhütungsanlage. Aber wie nur konnte ein Feuer ausbrechen? Aus ungeklärter Ursache ...

Brüssel. Betten werden frisch überzogen, Blumen auf den Tisch gestellt. Besonders gutes Essen wird zubereitet. Viele Familien in der belgischen Hauptstadt erwarten die Rückkehr ihrer Kinder. Von einer schönen Ferienreise nach Österreich soll sie der Bus heute nach Brüssel zurückbringen. Man wartet. Es wird immer später. Man wartet weiter. Da sickern Gerüchte durch: Unfall. Bald wird es bestätigt, und dann wird es zum Lauffeuer: Unfall auf der Autobahn bei Limburg.

Verletzte? – Ja.
Tote? – Möglich.
Tote?? – Ja.
Wie viel? – Achselzucken.

Dann wird es grausame Wahrheit: Von den dreiundvierzig Insassen des modernen Reisebusses sind nur zehn mit dem Leben davongekommen. Dreiunddreißig sind tot, unter ihnen achtundzwanzig Jugendliche und Kinder. Und in die Aula einer

Limburger Schule werden lange Reihen schwarzer Särge gestellt.

London. In dem Bahnhof des Vorortes Harrow steht der Frühzug zur Abfahrt bereit. Er ist voll gepfropft mit Menschen. Es ist bereits höchste Zeit zur Abfahrt. Warum steht er immer noch? Keiner weiß es. Da fährt plötzlich der Schnellzug aus Schottland mit rasender Geschwindigkeit auf den wartenden Vorortzug. Wie Streichholzschachteln schieben sich die Wagen ineinander. Sekunden später bohrt sich ein dritter Zug, der D-Zug aus London, in voller Fahrt in das Chaos der kreuz und quer über die Schienen verstreuten Trümmer und blutenden Leiber. Über hundert Menschen, die auf dem Weg zu ihrer Arbeitsstelle sind, kommen nicht dort an, kommen nie mehr dort an …

Wir leben in schnelllebiger Zeit. Die Informationsflut erdrückt uns. Atemlos und oft gefühllos. Man könnte ein ganzes Unglücks-Buch schreiben. In Fortsetzung. War da nicht diese grausame Bahnkatastrophe in Eschede bei Celle? – Der ICE 884 „Wilhelm Conrad Röntgen" ist – wie an jedem Tag – auf seiner planmäßigen Fahrt von München nach Hamburg. Um 10.59 Uhr geschieht das Unfassbare. An einem Waggon hatte sich ein defekter Radreifen gelöst. Bei Tempo 200. Der schnittige, silberweiße Zug entgleist. Er rast gegen eine Straßenbrücke. Alles mit unvorstellbarer Wucht. Die Wagen schieben sich ineinander. Sie reißen die Brücke ein. Und die schweren Betonmassen begraben Menschen und Wagen. Ein unbeschreibliches Bild des Grauens. Die schreckliche Bilanz: 101 Tote und viele Schwerverletzte.

Und wem sagt der Name „Estonia" noch etwas? In der Nacht zum 28. September 1994 geschah es. In der Ostsee, bei schwerem Seegang. Mit vielen Fahrzeugen und 989 Passagieren an Bord auf der Fahrt von Tallin nach Stockholm. Vor unserer Haustür sozusagen. In kürzester Zeit sinkt die Riesenfähre. Nur 137 Personen werden gerettet. 852 Menschen ereilt der Tod in den eiskalten Fluten.

Und die Unglücksursache? War es ein Konstruktionsfehler? Ein zu schwaches Bugvisier? Oder lag ein Terroranschlag vor? Stimmt es, dass 3 Bomben an Bord detonierten? Der 1.300 Seiten starke Untersuchungsbericht kommt zu keinem eindeutigen Ergebnis.

Paris, 25. Juli 2000. Eine Concorde – das Prestige-Flugzeug des Luftverkehrs schlechthin – startet mit der Flug-Nummer AF 4590 auf dem Flughafen Charles-de-Gaulle. Das Ziel ist New-York. Dort wartet das 5-Sterne-Kreuzfahrtschiff „MS Deutschland" auf die 100 deutschen Urlauber, um zu einer zweiwöchigen Reise in die Karibik aufzubrechen. Bei einer Fluggeschwindigkeit von 2.200 Stundenkilometern soll die Concorde bereits nach ca. 3,5 Stunden in New York landen. Aber schon der Start macht große Schwierigkeiten. Die Reifen zerfetzen vor dem Abheben. Das Fahrwerk lässt sich nicht mehr einfahren. Die Triebwerke fangen Feuer. Und um 16.44 Uhr stürzt die vollbetankte Maschine auf ein Hotel unweit Paris. In einem unbeschreiblichen Flammeninferno kommen 113 Menschen grausam ums Leben.

Aber wozu diese Berichte? Sollst du etwa nicht mehr mit der Bahn, nicht mehr Auto fahren, keine Schiffs- oder Flugreise unternehmen? Wenn man an die Tausende von Toten denkt, die der Straßenverkehr in der Bundesrepublik Jahr für Jahr fordert, könnte man fast zu diesem Schluss kommen. Aber wo ist man schon sicher? Nirgends. – Unglücksfälle, Krankheiten können dir auch zu Hause begegnen, können Alt und Jung treffen. Ich habe ein Foto, das zeigt vier meiner Freunde und mich kurz vor dem Abitur. Fünf junge Burschen, gesund und voller Optimismus. Nicht lange danach waren zwei von uns fünf von der Erde abgerufen. Durch Autounfall der eine, durch eine schwere Krankheit der andere. Und gerade er, der Sportlichste und Stärkste von uns, musste diesem heimtückischen Leiden erliegen.

Oder später in einer meiner ersten Klassen der Lausejunge mit den rotblonden Locken. Quicklebendig. Der reinste Sausewind. Er ging über Tisch und Bänke. Dabei war er so grundecht, so jungenhaft frisch und ehrlich, dass er mir besonders ans Herz gewachsen war. Hätte je einer geglaubt, dass gerade er so schwer erkranken würde? Als ich dann im Krankenhaus an seinem Bett saß und er mich mit seinen hellen Jungenaugen ansah, ahnte er noch nicht, was ich bereits wusste. Die Ärzte hatten ihn aufgegeben. Ganze fünfzehn Jahre war er. Und bald standen seine jungen Kameraden vor einem offenen Grab ... Seine Uhr war abgelaufen. Alle Uhren laufen einmal ab, die eine früher, die andere später.

Als ich damals in London die große Aufregung und Bestürzung um das Zugunglück von Harrow miterlebte und die Bilder in den Zeitungen sah, war auf einem Bild eine Uhr zu sehen. Es war die Bahnhofsuhr auf dem Bahnsteig des völlig zertrümmerten Vorortzuges. Ihre Zeiger standen auf 8.19 Uhr. Sie war stehen geblieben. 8.19 Uhr, das war genau der Augenblick des Zusammenstoßes. Aber neben der Uhr war noch etwas zu sehen. Dort hing ein Plakat mit den Worten:

„Schicke dich an, deinem Gott zu begegnen!"
(nach Amos 4,12)

Wie wenige werden die Worte auf dem Plakat gelesen, und noch weniger werden darüber nachgedacht haben. Aber plötzlich sprachen diese Worte mit Donnerstimme. Und viele Menschen mussten in diesem Augenblick Gott begegnen. Ihre Uhr war abgelaufen.

Möchtest du an diesem Bibelwort nicht gleichgültig vorübergehen! Es war an das Volk Israel gerichtet. Aber dieses Wort redet auch heute noch zu jedem, der bereit ist zu hören. Früher oder später bricht für jeden die Stunde an, wo er Gott begegnen muss. Bist du bereit? Bist du geborgen in Jesus Christus?

Das Horoskop der Woche

Ob in einer Tageszeitung, in einer Illustrierten oder in dem Blättchen, das dir dein Metzgermeister als Kundenzeitschrift freundlich zusammen mit Wurst und Schinken in die Tasche packt, überall stößt du darauf: auf das Horoskop. – Was ist das eigentlich, ein „Horoskop", und warum wird in unseren Tagen so viel Druckerschwärze darauf verwandt?

Das Wort „Horoskop" stammt teils aus dem Lateinischen, teils aus dem Griechischen und bedeutet so viel wie „Stundenschau". Man schaute danach aus, wie zum Zeitpunkt der Geburt eines Menschen die Gestirne zueinander standen. Hieraus glaubte man Aufschluss über sein Schicksal zu erhalten. Die Griechen und Römer übernahmen diese dunklen Dinge von den Babyloniern, deren Götzenpriester sich besonders mit Sterndeutung – auch Astrologie genannt – beschäftigten. Im Mittelalter war dieser Aberglaube weit verbreitet. Aber – und das müsste uns viel mehr alarmieren – dieser Aberglaube trieb seine Blüten nicht nur im finsteren Mittelalter, sondern ist heute noch viel mehr verbreitet. Es klingt wie ein Scherz, ist aber bittere Wahrheit. In unserer aufgeklärten, so fortschrittlichen Zeit, in der wir Atomkerne spalten und Raumschiffe ins All schicken, ist der Glaube an das Horoskop der am weitesten verbreitete Aberglaube.

Wie ist das möglich? Viele Menschen glauben nicht mehr an Gott. Oder aber was dasselbe, ja was noch schlimmer ist, sie leben so, als ob es keinen Gott gäbe. Sie wollen unabhängig sein, tun und lassen was ihnen gefällt. Fast zwangsmäßig wenden sie sich daher einem anderen Glauben zu: dem Aberglauben. Denn der Aberglaube ist auch ein Glaube, wenn auch ein „Glaube in entgegener Richtung", ein Glaube zum Teufel hin. Wer abergläubisch ist, gerät daher automatisch in den Bann dunkler Mächte. Und wer dem Teufel den kleinen Finger reicht, dessen Hand packt er ganz. Ein solcher kleiner Finger ist das Horoskop.

In Deutschland hat sich nach einem Bericht der Zeitung „Die Woche" durch den verstärkten Einsatz von Computern die Zahl der Sterndeuter verzehnfacht. Heute sind hier ca. 96.000 Wahrsager bzw. Astrologen tätig. Und die gesamte Esoterik-Branche boomt. Umsatz pro Jahr: Unglaubliche 7,5 Milliarden Euro.

Stimmt es denn, was im Horoskop steht? Wenn das Horoskop in unseren Zeitungen stimmen würde, dann gäbe es, aufgeteilt nach den Tierkreiszeichen, nicht mehr als zwölf Gruppen von Menschen, von denen jede Gruppe Tag für Tag das Gleiche erleben würde. Außerdem widersprechen die Horoskope in den verschiedenen Zeitungen einander. Oder sie sind in ihrem Text so vieldeutig abgefasst, dass sie auf jeden zutreffen könnten. Auch sind die „Spielregeln" der Astrologie völlig willkürlich und haben mit Wissenschaft nicht das Geringste zu tun. So brauchen wir uns nicht zu wundern, wenn die echten Wissenschaftler der Sternkunde, die Astronomen, die entschiedensten Gegner der völlig unwissenschaftlichen Astrologie sind. In einer Erklärung der Astronomischen Gesellschaft heißt es: „Was heute als Astrologie, Kosmobiologie usw. auftritt, ist nichts anderes als eine Mischung von Aberglauben, Scharlatanerie und Geschäft."

Sachlich kann man dem Horoskop also nicht glauben. Aber ist es deshalb nur eine Dummheit, ein harmloser Spaß? Nein, in keiner Weise. Wer sein Vertrauen auf das Horoskop setzt, stellt sich damit in direkten Widerspruch zu Gott. Er gelangt in den Machtbereich Satans. Denn nach der Bibel ist der Aberglaube nicht nur ein Zeichen von Dummheit, Leichtgläubigkeit und fehlender Erkenntnis. Er bedeutet ein Ausgeliefertsein an widergöttliche Mächte. „Ihr sollt euch nicht wenden zu den Wahrsagern, und forscht nicht von den Zeichendeutern, damit ihr nicht durch sie verunreinigt werdet; denn ich bin der Herr, euer Gott" (3. Mose 19,31).

Der Glaube an das Horoskop ist in besonderer Weise ein Glaube der Endzeit. Ein dämonischer, teuflischer Glaube. Die Folgen dieses Glaubens umgeben uns allenthalben: Gleichgültigkeit dem Wort Gottes gegenüber, Freudlosigkeit, Depressionen. Es ist ein Weg, der zur Verdammnis führt. In einem solchen Leben ist der unheimliche Flammenschein der Hölle oft schon hier sichtbar. Nicht umsonst sagt Gott von dem, der solches tut: „Ich will mein Angesicht gegen dieselbe Seele setzen" (3. Mose 20,6). Deshalb darf man dem Horoskop nicht glauben. Deshalb soll man es nicht einmal lesen. Wie alle okkulten Dinge, Magie, Kartenlegen, Handliniendeuten usw., ist das Horoskop eine Telefonverbindung nach unten. Es ist heimtückisch wie ein Spinnennetz. Wer einmal in seine Maschen gerät – und sei es nur im Scherz –, verstrickt sich immer tiefer darin.

Und was hat es mit dem so oft gehörten „Toi, toi, toi …" auf sich? Man benutzt diesen Ausdruck, um anderen für bestimmte Ereignisse wie beispielsweise für eine Prüfung Glück zu wünschen.

Was bedeutet aber ursprünglich dieser Ausdruck? – Das Wort „Toi" kommt aus dem Altindischen und heißt übersetzt: „Teufel". Mit „Toi, toi, toi" wurde dreimal der Teufel als Person angerufen. Ursprünglich verfluchte man mit diesem Ausdruck jemanden.

Es ging aber auch weit über einen Fluch hinaus. Denn mit dem dreifachen „Toi" wurde die Dreieinheit Gottes nachgeäfft und somit verlästert. Gleichzeitig wurde mit dem Ausdruck dreimal auf Holz geklopft, was eine Verspottung des Fluchholzes – des Kreuzes – bedeutete, an dem Jesus, der Sohn Gottes, der Reine für die Unreinen, starb.

Wie aber kann man aus diesem gefährlichen Spinnennetz herauskommen? Wo ist Befreiung? Zunächst musst du einsehen, dass du dich selbst nicht daraus befreien kannst. Kein Mensch ist stark genug, um gegen die Finsternismächte dieser Welt anzukommen. Der Einzige, der stark genug ist, ist der Sieger von Golgatha: Jesus Christus. Er, der Sohn Gottes, hat den Teufel am Kreuz besiegt. Diesen Sieg musst du für dich persönlich in Anspruch nehmen. Darum geh mit all deiner Sünde und Gebundenheit zu ihm! Bekenne ihm deine Schuld! Er vergibt dir und reinigt dein Herz. Jesus Christus gibt dir aber auch die Kraft, an seiner Seite ein neues Leben zu beginnen und nein zu sagen zur Sünde.

Dann brauchst du kein Horoskop mehr. Das Maskottchen kannst du in die Mülltonne werfen. Der Schornsteinfeger ist dir in Bezug auf dein Glück gleichgültig. Eine schwarze Katze, die dir über den Weg läuft, die magst du schön finden oder nicht, aber Glück oder Unglück hängt damit nicht zusammen. Am Freitag, dem Dreizehnten, gehst du genau so fröhlich deiner Arbeit nach wie an anderen Tagen. Das ungöttliche „toi, toi, toi" kommt nicht mehr über deine Lippen, und du brauchst nicht mehr dreimal auf den Tisch zu klopfen, um dir angeblich Glück und Gesundheit zu sichern.

Wenn Jesus Christus dein Herr ist, dann bestimmt er deine Zukunft. Und die Zukunft, die will jeder Mensch so gern sichern. Wir leben ja nicht wie eine

Kaulquappe dahin. Wir sind mit geistigen Gaben ausgerüstet und können über uns selbst nachdenken, rückblickend in die Vergangenheit, jetzt in diesem gegenwärtigen Augenblick und vorwärts schauend in die Zukunft. Und dabei weiß ich doch im Grunde gar nichts. Nicht einmal, was die nächste Minute bringen wird. Keiner kann dir und mir das sagen. Aber wenn Jesus Christus dein Herr ist, dann weißt du dich in allen Lebenslagen von ihm geführt, dann kommst du in vorbereitete Verhältnisse. Dann dürfen wir, du und ich, in felsenfestem Vertrauen sagen:

*Es kann mir nichts geschehen,
als was er hat ersehen
und was mir nützlich ist.*

So liegt unsere Zukunft nicht in den Sternen, sondern in dem gnädigen und barmherzigen Willen Gottes.

Fälschungen

In einer italienischen Stadt ist ein bekannter Kunstkenner gestorben. Gerade ist man dabei, aus seinem Nachlass Zeichnungen von Paul Gavarni, dem berühmten französischen Graphiker, zu versteigern. Da betritt ein Fremder, offenbar selbst ein Sammler, den Auktionssaal und lässt sich die Kunstblätter zeigen.

„Das sind Fälschungen", erklärt er. Empört über diese Anmaßung weist der Versteigerer darauf hin, dass die Blätter vom Künstler ordnungsgemäß signiert sind. Doch der Fremde beharrt auf seiner Meinung.

„Aber sie stammen doch aus dem Nachlass des bekannten Sammlers Arivano", erwidert der Auktionator.

„Wenn auch", entgegnet der Fremde mit erregter Stimme.

Dicht gedrängt und neugierig umstehen die Kauflustigen die beiden Streitenden.

„Aber der Verstorbene war ein persönlicher Freund von Gavarni!"

„Das ist eine Lüge! Das ist ganz unmöglich!", ist die laute Antwort des Fremden.

Der Auktionator schäumt vor Wut und brüllt ihn an: „Wie können Sie etwas so Ungeheuerliches behaupten?"

„Weil", entgegnete der fremde Herr seelenruhig, „weil ich selbst Gavarni bin."

Zornige Rufe der aufgebrachten Menge werden laut: „Werft ihn hinaus, den Schwindler, den Betrüger!" – Der Auktionator, nunmehr der Meinung, dass er es mit einem Geistesgestörten zu tun hat, ordnet an, dass sich der Störenfried unverzüglich entfernen soll. – Die Auktion wird fortgesetzt, und die Preise für die angebotenen Blätter klettern in die Höhe ...

Aber der Fremde war tatsächlich Paul Gavarni. Nur weil er von seinen temperamentvollen Verehrern nicht unliebsam behandelt werden wollte, fiel ihm nichts Besseres ein, als vorläufig zu schweigen.

Dazu eine kleine Anekdote von Picasso, dem großen Vertreter der modernen Malerei: Er wurde einst gefragt, wer seiner Meinung nach das größte Talent unter den Malern gewesen sei. Lächelnd antwortete der Meister: „Peter Paul Rubens; denn er hat in seinem Leben etwa 600 Gemälde gemalt, von denen heute noch 2.700 erhalten sind." – Du verstehst, was Picasso mit dieser vielsagenden Antwort meinte. Es gibt kaum ein Gebiet, auf dem es so viele Fälschungen gibt wie bei der Malerei. Die oft astronomisch hohen Preise, die die Werke von namhaften Malern erzielen, haben seit eh und je die Gilde der Fälscher auf den Plan gerufen, um mit unlauteren Mitteln viel Geld zu verdienen. Und oft ist es äußerst schwierig, einen echten Rembrandt von einem gefälschten zu unterscheiden. Denn die Kunstfälscher sind mit allen Wassern gewaschen und arbeiten meistens nach den Rezepten der alten Meister.

Zwar kann es aufschlussreich sein herauszubekommen, aus welchen Grundstoffen die Farben sind, die benutzt wurden. Denn mit Hilfe moderner technischer Geräte kann man heute feststellen, ob zum Beispiel ein Ultramarinblau die modernen künstlichen Grundstoffe enthält oder dem aus einem bestimmten Edelstein gewonnenen Blau der alten Meister entspricht. Auch die Leinwand, die als Maluntergrund dient, ist ein wichtiger Gesichtspunkt. Ferner sind die feinen Altersrisse in der Farbschicht wichtig und noch viele Dinge mehr. Aber wie gesagt, die Fälscher beherrschen oft genug die Werkstattgeheimnisse der alten Meister so gut wie diese selber. Sie stellen sich die Farben nach alten Rezepten selbst her. Sie wissen auch alte Leinwand zu beschaffen und beherrschen Techniken genug, ein soeben gemaltes Bild innerhalb weniger Stunden so zu behandeln, dass es wie ein dreihundert Jahre altes aussieht.

Es gehören schon sehr moderne kriminalistische Methoden und fundierte Fachkenntnisse dazu, eine Fälschung zu erkennen. Manchmal gibt es allerdings auch einfachere Anhaltspunkte, einen Fälscher zu entlarven. Es sind Fälle bekannt, bei denen schon ein Fingerabdruck des Fälschers oder das festgeklebte Haar eines Pinsels, den der alte Meister nicht benutzt haben kann, den ganzen Schwindel ans Tageslicht gebracht hat. Ein berühmtes Bild, das angeblich von Franz Hals stammen sollte, wurde dadurch als Fälschung erkannt, dass man mit Hilfe einer Röntgenaufnahme in dem Holz unter der „alten" Farbschicht einen sehr modernen Fabriknagel entdeckte.

So helfen heute Atomspektographen, Quarzlampen und Röntgenstrahlen dabei, echt von unecht zu unterscheiden. Wenn man z. B. Rembrandtbilder durch ein Mikroskop fotografiert, kann der Fachmann anhand des Mikrobildes feststellen, ob das Bild die charakteristische Pinselführung des Meisters zeigt oder nicht.

Aber trotz allem, der Weizen der Fälscher blüht weiter. Und selbst Fachleute fallen manchmal auf sie herein. So standen vor Jahren in Stuttgart Fälscher vor Gericht, die für über eine halbe Million Euro insgesamt vierundfünfzig Kopien des deutschen Malers Carl Spitzweg als Originalgemälde verkauft hatten. Hierbei war besonders peinlich, dass einige „Spitzen-Experten" hinters Licht geführt wurden und dass sie Echtheitsbescheinigungen, sog. „Expertisen", mit ihrer Unterschrift versehen hatten.

Je bekannter der Name eines Künstlers ist, desto begehrter sind seine Bilder. Eine um so größere Skepsis ist aber auch geboten, wenn es hier um die Frage nach echt oder falsch geht. Der große holländische Maler van Dyck kann in seinem Leben kaum mehr als siebzig Bilder wirklich zu Ende gemalt haben. Wenn man jedoch alle Bilder zusammenträge, die ihm zugeschrieben werden, würden fast zweitausend Gemälde zusammenkommen. Damit würde er den in der obigen Anekdote von Picasso erwähnten Peter Paul Rubens noch erheblich übertreffen. – Ebenso steht es um die Graphik. So sollen von Dürers Kupferstichen und Holzschnitten angeblich nicht weniger als 500.000 Fälschungen im Umlauf sein.

Der wohl größte Fälscher unserer Zeit war der Holländer van Meegeren. Er kopierte die Techniken der alten Meister in einer Vollkommenheit, dass heute nach dem Tod des Fälschers der Streit um die wirkliche Urheberschaft einiger seiner Bilder immer noch nicht entschieden ist. Und da man das Bild eines alten Meisters in der Regel nicht plötzlich in einer Rumpelkammer findet, erfand er auf Grund intensiven Studiums der Biographie des betreffenden Malers jeweils eine glaubhaft klingende Vorgeschichte des Bildes. Auf diese Weise steckte van Meegeren für die Fälschung der „Emmausjünger" des alten Meisters Vermeer 375.000 Gulden ein. Für das von ihm gefälschte Bild „Das Abendmahl" bezahlte ein gutgläubiger Käufer sogar 1.600.000 Gulden. Es gab einen großen Skandal, aber der angerichtete Schaden war nicht mehr gutzumachen.

Die neusten Skandale betreffen auch Werke der modernen Kunst. Der geniale Fälscher John Drewe – Intelligenzquotient von 165 – hat die Experten der führenden Auktionshäuser Sotheby's und Christie's und berühmte Museen zur Zielscheibe von Hohn und Spott gemacht. Von seinen 200 Fälschungen, die ihm mindestens 1,5 Millionen Euro einbrachten, konnten bisher nur 60 sichergestellt werden. Eine renommierte US-Galerie geriet auf der Suche nach einem Experten an John Drewe, weil sie Zweifel an der Echtheit ihres Giacometti bekam. Er bescheinigte die Echtheit – des von ihm gefälschten – Bildes. Für die Expertise berechnete er einen ansehnlichen Betrag.

Das hat jeder gecheckt: Alle Fälschungen sind Lügen. Sie sind deshalb genauso zu verachten. Die Bilder, die zum Beispiel van Meegeren wirklich selbst entwarf und malte, waren nichts sagend und minderwertig. Nur für seine Fälschungen hätte er die Note Eins verdient. Aber sie waren eben nichts Echtes, sondern nur die technisch gekonnte Nachahmung der alten Meister. Ihm selbst blieb nur der traurige Ruhm, ein Fälscher, das heißt ein Lügner, zu sein.

Weißt du, dass es auch auf religiösem Gebiet Fälscher gibt? Es sind die vielen, die so tun „als ob". Als ob sie von sich aus den Himmel verdient hätten. Als ob Gott sich freuen könnte, dass es solche wie sie noch gibt. Aber höre das ernste Wort, das Gottes Sohn sagt: „Nicht jeder, der zu mir sagt: Herr, Herr!, wird in das Reich der Himmel eingehen, sondern wer den Willen meines Vaters tut, der in den Himmeln ist" (Matthäus 7,21). Man kann also „Herr, Herr!" sagen und doch ein Fälscher sein. Ein Abklatsch nur und nichts Echtes.

Aber was ist denn der Wille des Vaters im Himmel? Dass du den Schritt wagst vom Falschen zum Echten, von der Lüge zur Wahrheit. Dass du sagst: Ich will endlich die ganze Verdunkelungspolitik meines Lebens aufgeben. Ich muss der sein, der ich selber bin – wie ein Dr. Martin Luther einst sagte –, ein verlorener und verdammter Mensch. Äußerlich vielleicht tadellos, im Beruf tüchtig, in der Familie vorbildlich – das wird alles nicht abgestritten –, aber vor Gott einer, der nur bekennen kann: Herr, ich bin ein jämmerlicher Bettler vor dir! Nichts hab ich zu bringen, alles, Herr, bist du!

Das ist das Wunder der Bekehrung, das Wunder der Wiedergeburt, des Zum-Glauben-Kommens: wenn die Heiligkeit Gottes mir bewusst wird und mich im Licht seines Wortes zu dem Gekreuzigten treibt, wenn ich dann zu Füßen dieses anbetungswürdigen Gottessohnes erkenne: Dieser Herr dort am Kreuz, der ist nicht irgendein Religionsstifter, nicht irgendein Sozialreformer, der ist nicht ein Märtyrer, der für seine Idee starb, auch nicht eine Spitze der Menschheitspyramide, sondern er ist *mein* Retter und *mein* Herr.

Hier wird geredet

… und was hier nicht alles geredet wird! Ich behaupte, dass es auf der ganzen Welt kaum einen Ort gibt, an dem mehr geredet wird als im Hyde Park, der großen Lunge Londons. Im Zentrum dieser riesigen Stadt mit ihren mehr als acht Millionen Einwohnern erstreckt er sich in einer Größe von 249 Hektar, sodass man sich schon darin verlaufen kann. Aber das passiert höchstens dem Ausländer, denn der Londoner kennt ihn viel zu gut. Wenn er einmal der ständigen Hast dieser Weltstadt entfliehen will, dann führt ihn sein Weg zum Hyde Park. Hier kann er noch richtig Luft holen anstatt Auspuffgase einzuatmen. Der Lärm der Motoren dringt nicht bis hierher, und so kann man sich ungestört an den weiten, gepflegten Rasenflächen und am Rauschen der Bäume erfreuen. Wer aber zur Entspannung irgendeinen Sport ausüben möchte, dem kann auch geholfen werden: Baden, Kahnfahren, Angeln, Reiten, alles richtet sich nur nach deinem Wunsch, allerdings auch nach deinem Geldbeutel. Aber für den, der nicht allzu viel Pfund übrig hat, hat der Hyde Park auch etwas, was nichts kostet. Du kannst dir hier so viele Reden anhören, wie du möchtest. Im Hyde Park hat jeder das Recht, vor aller Öffentlichkeit seinen Mund aufzutun und zu sagen, was er für richtig hält. Du kannst dir vorstellen, dass man da allerhand zu hören bekommt.

So lass mich mit dir an einem schönen Samstagnachmittag einen Spaziergang durch den Hyde Park machen. Wenn wir durch den großen Haupteingang am „Marble Arch" hereinkommen, sehen wir zunächst Tausende von Liegestühlen, die sich die abgespannten Londoner für wenige Pennies mieten können. Gehen wir ein Stück weiter bis dahin, wo die ersten Bäume und Sträucher stehen, sehen wir schon die ersten kleinen Menschenansammlungen auf den breiten Wegen. In der Mitte solch einer Gruppe steht auf einer Seifenkiste oder auf einer Art Treppenleiter der Redner. An der „speakers corner" schließlich – der belebtesten Ecke im Hyde Park – sind so viele Redner, dass du dir mit einem Ohr einen „Tory" (Konservativen) und mit dem anderen einen Kommunisten anhören kannst. Hier findest du Vertreter der verschiedensten Parteien und Organisationen, auch fanatische „Gesundheitsapostel" und viele andere Privatredner und Reformer, die nach ihren eigenen Vorstellungen die Welt verbessern wollen.

Die Redner sind verschieden wie Tag und Nacht. Hier der Gentleman mit Frack und Fliege. Dort ein abenteuerlicher Typ mit Igelfrisur und wilden Tattoos auf den muskulösen Armen. Augenbrauen, Nase und Oberlippe gepierced. Und die großen und kleinen Ringe in den Ohren – nur mit Taschenrechner zu zählen. Und da spricht ein junger, hagerer Jude, der aber doch schon einen stattlichen, wallenden Vollbart aufweist; neben ihm ein glattrasierter, rundlicher Pater mit einer unwahrscheinlich dicken Hornbrille auf der Nase. Sie sind übrigens gar nicht alle so friedlich, wie sie aussehen, sondern können tüchtig loswettern und einen zornig anblitzen, wenn man sie gerade fotografieren will. Auch Farbige aller Schattierungen üben sich in der Rednerkunst, denn dort, wo das Herz eines ehemaligen Weltreiches schlägt, kann man alle Hautfarben sehen. Hier zum Beispiel tritt ein auffallend elegant gekleideter Schwarzer mit ganzer Leidenschaft für seine unterdrückten Brüder im Sudan ein.

Dort drüben spricht ein Atheist. Mit hasserfüllten Worten spricht er von Jesus Christus, dem Sohn Gottes. Er behauptet, Jesus sei tot und nie auferstanden. Abgesehen davon, dass ich und unzählige andere froh bezeugen können, dass Jesus der Sohn Gottes und der lebendige Herr unseres Lebens ist, drängte sich mir eine andere Frage auf: Warum schleudert dieser Gottesleugner seinen ganzen Hass gegen einen, von dem er behauptet, er sei tot? Tote hasst man doch nicht, sondern lässt sie in Frieden. So sind mir die bösen Worte aus dem

Mund dieses aufgeblasenen Redners, so eigenartig es klingt, nur ein Hinweis auf ihn, den Lebendigen. Und er, „der im Himmel wohnt, lacht ihrer, und der Herr spottet ihrer" (Psalm 2,4).

Er, der Auferstandene, ist gegenwärtig, auch hier im Hyde Park. Auch hier im Herzen der Metropole hat er, dessen Reich nicht von dieser Welt ist, seine Botschafter. Da steht ein kleiner Kreis fröhlicher Jungen und Mädchen, die frische Jesus-Lieder singen. Anschließend geben junge Burschen und Mädchen ein freudiges Zeugnis von ihrem Herrn und Meister. „Lobe den Herrn, meine Seele, und was in mir ist, seinen heiligen Namen! (Psalm 103,1). Ach, wenn du doch Jesus als deinen Herrn und Heiland annehmen würdest! Dein Leben würde auch glücklich und schön." So sagt gerade ein sympathischer junger Mann. Er sagt es so echt, so überzeugend. Und wieder erschallt ein frohes Glaubenslied.

Seltsamer Hyde Park. Wie viele Worte magst du schon gehört haben? Wie viele Reden waren nutzlos, ja böse und sind längst vergessen. Allein die Worte ewigen Lebens aus dem Mund mutiger Zeugen verlieren nicht ihre Gültigkeit, auch nicht im Hyde Park.

Der Mann in der Mitte

Der römische Gouverneur grübelt und grübelt. Was soll er machen? Wie nur kann er diesen Jesus Christus, an dem er keine Schuld finden kann, vor der unbändigen Wut der Hohenpriester und vor dem durch sie aufgestachelten Volk bewahren? Da kommt ihm ein Gedanke. Es ist ihm schon zur Gewohnheit geworden, dem Volk zur Zeit des großen Festes einen Gefangenen loszugeben. Das Volk selbst kann sich wünschen, welchen es frei haben will.

Nun hat er gerade im Gefängnis einen besonders bösartigen Menschen sitzen. Er ist wegen Aufruhrs und Mordes eingesperrt. Ja, ein ganz gefährlicher Bandenführer ist dieser Barabbas. Die römischen Legionäre haben wirklich gute Arbeit geleistet, als sie ihn endlich fassen konnten. Nun ist die Öffentlichkeit sicher vor diesem Gewaltmenschen. Das ist der Ausweg, so denkt Pilatus: Ich werde das Volk wählen lassen, wen sie frei haben wollen; denn sie werden doch nicht den Mörder wählen.

Vielleicht weißt du, wie die Geschichte weitergeht. Dreimal wendet sich Pilatus an die vor dem Regierungsgebäude versammelte Volksmenge. Dreimal stellt er sie vor die Entscheidung: „Wollt ihr, dass ich Jesus oder dass ich Barabbas loslasse? Was hat dieser Jesus denn Böses getan? Keine Schuld finde ich an ihm!" Und dreimal schreit das verblendete Volk: „Hinweg mit dem! Ans Kreuz mit ihm! Ans Kreuz! Gib uns den Barabbas!" Und Barabbas kommt auf freien Fuß …

Wie ausgestorben liegen die Straßen und Gäßchen der jüdischen Hauptstadt da. Viele sind vor die Stadt nach Golgatha hinausgegangen, um dort an der Hinrichtungsstätte die Kreuzigung der Übeltäter mitzuerleben. Da – so wollen wir es uns einmal vorstellen – schleicht sich einer scheu und leise an den Häusern entlang: Barabbas. Er kann es nicht fassen, aber er ist frei. Er ist frei! Der römische Gouverneur selbst hat ihn freigelassen.

Da kommt ihm ein Gedanke: Ich will auch einmal dorthin nach Golgatha gehen. Dort sollte ja heute mein Urteil vollstreckt werden. – So geht er langsam hinauf und mischt sich unerkannt unter das gaffende Volk und die eifrigen Henkersknechte. Und jetzt, da er vor den drei Kreuzen steht, denkt er bei sich: Den dort zur Linken kenne ich gut, und der da auf der rechten Seite war mein Kumpan bei Raub und Mord. Ja, das sind meine Genossen. Und das sollte mein Ende sein, dort inmitten der beiden. Aber der Mann in der Mitte, den kenne ich nicht. Der war nicht von uns. Aber eins weiß ich genau: Das Kreuz, an dem er hängt, das war für mich bestimmt …

Hast du auch schon einmal so dagestanden? Hast *du* auch schon erkannt: Dieser Jesus litt an meiner statt? Gott hat einen wundersamen Tausch vorgenommen, denn *mich* hätte dieses entsetzliche Gericht treffen müssen. *Ich* müsste in den Fluch der Gottverlassenheit hineingestoßen werden. *Ich* müsste von Rechtswegen sterben, nicht der reine, heilige Gottessohn.

– Das ist das Geheimnis von Golgatha: Weil meine Sünde, die an ihm gerichtet wurde, so blutrot ist, darum behandelte Gott seinen Sohn wie einen Ausgestoßenen, wie einen gemeinen Sünder.

Darum musste er ihn verlassen. Welch eine unergründliche Liebe, die einen solchen Weg finden und gehen konnte! Bete an, mein Herz! Ich bin freigesprochen, bin mit Gott versöhnt!

Was machst *du* nun mit dieser fröhlichsten Nachricht der Welt? Nimmst du sie nur zur Kenntnis mit einem „Das ist ja alles schön und gut" – und lässt es dabei bewenden? Wird ein bisschen Gefühlsregung und ein bisschen Zustimmung deine ganze Antwort sein? Höre: Diese gewaltige Botschaft will angenommen sein! Das ist die wichtigste Entscheidung im Leben. Gott fragt dich, wie du auf die Tat seiner Liebe antworten willst. Ein Geschenk von unermesslichem Wert ist für dich da. Aber du musst es *annehmen*, musst es dir aneignen. Zwei Schritte gehören dazu:

1. Das Bekenntnis, dass du den Fluch, den Tod und die Strafe verdient hast, die Jesus, der reine Gottessohn, am Kreuz erlitt. Nimm deine Sünde ganz ernst. Beuge dich tief und verschweige deine Sündenschuld nicht. Überwinde alle Scheu vor dem Beten und sprich laut zu ihm. Denn: „Wenn wir unsere Sünden bekennen, so ist er treu und gerecht, dass er uns die Sünden vergibt und uns reinigt von aller Ungerechtigkeit" (1. Johannes 1,9). Und dann: Folge ihm nach! (Markus 8,34 und Lukas 18,22).

2. Danke voll Vertrauen und herzlich für die Vergebung deiner Sünden. Was Jesus Christus vollbracht hat, gilt auch dir uneingeschränkt. Du brauchst nicht auf besondere Gefühle zu warten. Der Glaube genügt völlig, der Gottes Zusage kindlich vertraut und den Herrn Jesus Christus als persönlichen Retter und Herrn annimmt.

Das Urteil ist aufgehoben! Eine Sondermeldung ohnegleichen! Sie ist mit Gottes Unterschrift versehen, und keine Macht der Welt kann Gottes Schiedsspruch je rückgängig machen. Aber ob er für dich persönlich gilt – das liegt, wie gesagt, an dir. Darum komm, geh auch du hin zu den drei Kreuzen auf Golgatha. Schau auf den blutenden Gottessohn, bis es dir hell vor der Seele steht:

Das Kreuz in der Mitte, das war gebaut für mich. Der Mann in der Mitte, der starb für mich. „Nun weiß ich das und bin erfreut und rühme die Barmherzigkeit."

Mensch, ärgere dich nicht!

Der Erfinder dieses bekannten Spiels muss ein guter Menschenkenner gewesen sein. Er wusste, wie leicht wir uns ärgern: über Kleinigkeiten, die uns im Alltag begegnen, über Mitmenschen, über uns selbst. Zu Recht oder zu Unrecht. –

Die Bibel spricht von dem verhängnisvollsten Ärgernis, das es gibt: dass man sich sogar über Jesus Christus ärgern kann. Dabei sind solche, die das tun, wirklich zu bedauern. Es ist einfach unmöglich, dass solche Menschen glückliche Menschen sind. Denn Jesus Christus sagt: „Glückselig ist, wer irgend nicht an mir Anstoß nimmt!" (Matthäus 11,6).

Aber wie ist das nur möglich, dass man sich an ihm ärgert? Wohnen wir denn nicht in einem ehemals christlichen Land? – Doch. – Halten wir denn nicht immer noch etwas von christlichen Formen? – Ja, auch das. Aber Jesus Christus will viel mehr. Er will keinen christlichen Anstrich, keine bepinselte, fromme Fassade. – Was will er denn? – Dich will er! Dich! Dein Herz!

Darum gab er sein sündloses Leben am Kreuz von Golgatha, damit du für deine Schuld Vergebung finden und an seiner Hand ein freies, glückliches Leben beginnen kannst. Und nun kommt das im Grunde Unverständliche: Viele in Sünden gebundene Menschen wollen nicht. Sie wollen einfach nicht. Die Sünde, die ihnen Freude vorgaukelt, ist ihnen lieber. Zwar scheint das göttliche Licht auch in ihre Finsternis hinein, aber sie verschließen sich ihm, denn die Dunkelheit gefällt ihnen besser (vgl. Johannes 3,19). Sie machen es so wie einige Leute vor hundert Jahren, als die ersten elektrischen Leitungen gelegt wurden und man helle Glühlampen angebracht hatte. Sie warfen die hellen Lampen kaputt, weil sie auf einmal den ganzen Schmutz und Unrat in ihren Behausungen offenbar machten. Sie ärgerten sich über das Licht, wie jene sich über Jesus Christus, Gottes hellen Schein, ärgern.

Für andere, sittlich oft sehr hoch stehende Menschen ist besonders das Kreuz von Golgatha ein großes Ärgernis. „Einen gekreuzigten Heiland? Für meine Schuld? – Bitte nicht persönlich werden! Nur keine Schwärmerei! Einen gekreuzigten Gottessohn brauche ich nicht!" So oder ähnlich reden oder denken viele.

Und sie fahren fort: „Wissen Sie, was ich bin? Ich bin Humanist. Ich trete ein für Freiheit und Menschenwürde. Ich tue niemandem etwas. Ja, ich bin hilfsbereit. Ich tue recht und scheue niemand." Noch nie zuvor hat es so viele selbstherrliche Menschen gegeben wie heute, die offen zum Ausdruck bringen oder bei sich denken: „Ich brauche keinen Erretter, ich helfe mir selbst!" Aber sie alle vergessen eins: Der Einzige, der sich am eigenen Zopf aus dem Sumpf gezogen hat – das war Münchhausen. Und der war ein Lügner.

Prüfe dich, ob du dich auch über Jesus Christus ärgerst. Ja, ob du es vielleicht nach Möglichkeit vermeidest, den Namen des Herrn Jesus überhaupt auszusprechen. Wenn es so sein sollte, dann bitte ich dich ernstlich um eins: Decke ihm das Grundübel auf, das schuld daran ist. Es sind deine Sünden. Licht und Finsternis passen nicht zusammen. Hier ist die Wurzel des Ärgernisses. Aber es gibt etwas, was sehr gut zusammenpasst: ein Herz, das sich nach Licht und Vergebung sehnt, und ein Retter, der dir beides schenken will.

O Gnade, welche alle Sünden
durch Christi Blut jetzt tilgen kann
und lässt nun allerorts verkünden
Vergebung, Frieden jedermann.
Das ew'ge Heil ist jetzt bereit,
O wunderbare Gnadenzeit!

Ein abschließendes Wort

In dem vorliegenden Buch mischen sich alte Aufzeichnungen mit Anregungen aus jüngster Zeit. Aus den Erzählungen anderer hat sich manches Zitat, mancher Gedanke eingefügt. Besonders erwähnt seien die beiden Zeugen Georg von Viebahn und Paul Humburg, deren Schriften mich stark beeinflussten. Aber auch den Evangelisten unserer Tage verdanke ich viel. Ihnen allen gilt an dieser Stelle mein herzlicher Dank.   Der Verfasser

Bibelstellenverzeichnis

1. Mose 7,16	21	Johannes 3,7	142
1. Mose 9,12-15	129	Johannes 3,16	30
3. Mose 19,01	106	Johannes 3,10	204
3. Mose 20,6	185	Johannes 4,10	123
1. Könige 18,21	95	Johannes 5,24	78,89
Hiob 8,14	133	Johannes 6,37	43
Hiob 9,25	54	Johannes 8,12	15
Psalm 2,4	199	Johannes 8,34	161
Psalm 16,11	142	Johannes 8,36	39,161
Psalm 62,2(3)	132	Johannes 10,9	22
Psalm 90,12	31	Johannes 10,25	137
Psalm 103,1	199	Johannes 11,25	88
Psalm 119,18	65	Johannes 14,6	61
Psalm 139,2-4	171	Römer 3,10	65
Psalm 146,7	39	Römer 5,8	83
Sprüche 8,32-36	34	Römer 6,23	88
Sprüche 23,26	49	1. Korinther 1,18	83
Jesaja 1,18	10	1. Korinther 2,9	118
Jesaja 34,16	166	1. Korinther 2,14	83,88
Jesaja 42,8	94	1. Korinther 6,9	123
Jesaja 44,22	172	2. Korinther 5,20	31
Jesaja 53,5	152	2. Korinther 6,2	157
Jesaja 55,6.7	129	2. Korinther 8,9	34
Jesaja 59,5.6	132	Galater 6,7	49,120
Jeremia 13,23	9	Galater 6,8	120
Jeremia 23,29	146	Epheser 2,1	88
Hesekiel 33,11	83	Epheser 2,19	13
Hesekiel 36,25	94	Epheser 4,18	83
Amos 4,12	165	Philipper 3,7	117
Matthäus 6,24	78	1. Thessalonicher 5,3	112
Matthäus 7,21	195	1. Timotheus 4,8.9	178
Matthäus 8,22	88	1. Timotheus 6,10	34
Matthäus 9,13	41	1. Timotheus 6,12	55
Matthäus 10,26	58	2. Timotheus 3,1-5	67
Matthäus 10,28	45	2. Timotheus 3,2	34
Matthäus 11,6	204	2. Timotheus 3,5	69
Matthäus 11,28	107,167	Hebräer 3,7.8	101
Matthäus 19,21	36	Hebräer 4,12	58
Matthäus 24,37	121	Hebräer 10,31	65,101
Matthäus 25,10	22	Hebräer 12,1.2	55
Matthäus 25,41	88	Jakobus 2,10	77
Markus 8,34	202	2. Petrus 3,6.7	129
Lukas 5,31-34	41	1. Johannes 1,7	73
Lukas 8,17	172	1. Johannes 1,9	202
Lukas 10,41	36	1. Johannes 2,16.17	73
Lukas 11,28	166	1. Johannes 4,8-10	65
Lukas 12,15	117	Offenbarung 1,3	43
Lukas 12,19-21	34	Offenbarung 3,1	68
Lukas 15,2	102	Offenbarung 3,15.16	96
Lukas 15,18	7	Offenbarung 3,20	15
Lukas 15,20	7	Offenbarung 19,12	58
Lukas 18,22	202	Offenbarung 20,14.15	88
Lukas 19,10	105	Offenbarung 21,8	65
Johannes 3,3	143		

Weitere Titel von Friedhelm König

Der uns den Sieg gibt

12. Auflage, 232 Seiten, Taschenbuch, Euro 2.–

Der blaue Planet ist schön! Und doch gefällt uns vieles auf dieser Erde nicht. Warum eigentlich? Weil alles durcheinander geraten ist. Und weil wir mitten dazwischen hängen und das Verkehrte fast schon als normal ansehen.

Haben Sie schon einmal Steine in einer Kaffeemühle gemahlen? Dumme Frage! Natürlich nicht, denn sie geht dabei kaputt. Doch was uns angeht, sind wir recht unempfindlich geworden. Pausenlos lassen wir uns mit Steinen statt mit Brot abspeisen. Überall versucht man, uns Lüge statt Wahrheit zu verkaufen. Und oft genug sind wir darauf hereingefallen.

Deshalb wird in diesem Buch, auf jeder Seite interessant, in flüssigem Stil, zu zehn aktuellen falschen Behauptungen Stellung genommen. Dabei zeigt es uns den Weg aus allem Unglück und will uns hinweisen auf den, der uns den Sieg gibt.

Die verschwiegene Wahrheit

– The Point of No Return –

5. Auflage, 113 Seiten, Taschenbuch, Euro 2.–

Wenn ein Flugzeug eine gewisse Strecke über den Atlantik geflogen ist, erreicht es den „Point of No Return". Der Pilot kann die Maschine nicht mehr zum Ausgangspunkt zurückführen, weil der noch verbleibende Treibstoffvorrat den Rückflug unmöglich macht.

Auch im Leben jedes Einzelnen gibt es einen „Point of No Return" – den Punkt, von dem an es keine Rückkehr mehr gibt. Dieser Zeitpunkt ist in der Regel der allgegenwärtige Tod.

Mit unverantwortlicher Gleichgültigkeit wird heute weitgehend die Wahrheit darüber verschwiegen, wohin die Reise endgültig geht. Hier wird endlich die Wahrheit gesagt, im Klartext und ungeschönt. Dabei ist es ein Buch, das den Leser nicht zu dunkler Resignation, sondern zu heller Hoffnung führen will.

An der Schlossfabrik 30, D-42499 Hückeswagen